Hansberry | A Raisin in the Sun

Lektüreschlüssel XL

für Schülerinnen und Schüler

Dieses Buch wurde klimaneutral gedruckt.

Alle CO_2-Emissionen, die beim Druckprozess unvermeidbar entstanden sind, haben wir durch ein Klimaschutzprojekt ausgeglichen.

Nähere Informationen finden Sie hier:

Klimaneutral
Druckprodukt
ClimatePartner.com/14058-1912-1001

Lorraine Hansberry

A Raisin in the Sun

Von Rita Reinheimer-Wolf

Reclam

Dieser Lektüreschlüssel bezieht sich auf folgende Textausgabe:
Lorraine Hansberry: *A Raisin in the Sun. Drama in Three Acts.*
Hrsg. von Arthur Kutsch. Stuttgart: Reclam, 2017 [u. ö.].
(Reclams Universal-Bibliothek Nr. 19840.)

E-Book-Ausgaben finden Sie auf unserer Website
unter www.reclam.de/e-book

Lektüreschlüssel XL | Nr. 15510
2019 Philipp Reclam jun. Verlag GmbH,
Siemensstraße 32, 71254 Ditzingen
Druck und Bindung: Eberl & Koesel GmbH & Co. KG,
Am Buchweg 1, 87452 Altusried-Krugzell
Printed in Germany 2022
RECLAM ist eine eingetragene Marke
der Philipp Reclam jun. GmbH & Co. KG, Stuttgart
ISBN 978-3-15-015510-3

Auch als E-Book erhältlich

www.reclam.de

Inhalt

1. Schnelleinstieg

Autorin	Lorraine Hansberry (1930–1965), amerikanische Dramatikerin und politische Aktivistin
Entstehungszeit	1950–58
Gattung	›Negro play‹, psychologisches, realistisches, sozialkritisches Theaterstück
Ort der Handlung	Ghetto in Chicago (Southside), Apartment der Familie Younger
Zeit der Handlung	Zeitraum zwischen dem Ende des Zweiten Weltkrieges und dem Ende der 1950er Jahre
Zeitgeschichtlicher Hintergrund	Zeit der Rassentrennung in den USA, *Harlem Renaissance*
Verfilmungen	USA 1961, Regie: Daniel Petrie; USA 1989, Regie: Bill Duke (TV); USA 2008, Regie: Kenny Leon (TV)

Lorraine Hansberrys Theaterstück in drei Akten *A Raisin in the Sun* führt dem Leser bzw. Zuschauer die beschränkten Lebensbedingungen der afroamerikanischen Familie Younger in Zeiten des wirtschaftlichen Wohlstands sowie das damit einhergehende konfliktgeladene Familienklima in sehr eindringlicher Weise vor Augen.

konfliktgeladenes Familienklima: an atmosphere full of conflict within the family

Die äußerst unterschiedlichen, ja sogar kontroversen Hoffnungen und Träume der einzelnen Familienmitglieder sind am Anfang des Stücks zum Greifen nahe, werden jedoch aufgrund des Wirkens anderer Personen jäh zerstört. Das vermeintliche ›happy ending‹ hinterlässt beim aufmerksamen Leser eine Vorahnung, dass mittel- und langfristig doch noch sehr viel schiefgehen könnte.

■ Unterschiedliche Träume und Hoffnungen

In Hinblick auf die Lebenssituation der afroamerikanischen Bürgerinnen und Bürger hat sich seit den fünfziger Jahren vieles zum Positiven hin entwickelt. Diese positive Entwicklung ist das Ergebnis eines harten Kampfes zahlreicher Bürgerrechtler, was in diesem Zusammenhang nicht vergessen werden darf. Für politisch weniger interessierte Leser bietet *A Raisin in the Sun* die Gelegenheit, aus erster Hand nachzuempfinden, wie sich Rassismus und Diskriminierung anfühlen. Die Authentizität der Charaktere Lena Younger (Mama), Walter Lee und Beneatha führt dazu, dass sich der Leser des 21. Jahrhunderts in deren Situation hineinversetzen kann. Auch ein jugendlicher Leser kann nicht umhin, sich mit Beneatha zu vergleichen oder die Stellung der Mutterfigur Lena Younger in ihrer Familie mit derjenigen der eigenen Mutter in Beziehung zu setzen. Die Authentizität der Charaktere stellt eine besondere Stärke der Autorin Lorraine Hansberry dar, die darauf zurückzuführen

■ Rassismus auf privater Ebene

zum Greifen nahe sein: be at arm's length | **Bürgerrechtler:** Civil Rights activist | **etw. nachempfinden:** to imagine s.th. | **Authentizität:** authenticity

ist, dass sie selbst aus dem afroamerikanischen Milieu kommt. Obgleich eine politische Aussage in dem sozialkritischen Theaterstück getroffen wird, geschieht dies nie durch das Anführen von Fakten oder mit erhobenem Zeigefinger. Hansberry gelingt es, den Leidensdruck durch die objektiv erfahrene Diskriminierung für den Leser bzw. Zuschauer sichtbar zu machen.

Auch wenn Familie Younger in ihren zwischenmenschlichen Konflikten besonders singulär erscheint, so repräsentiert ihre Art zu leben, ihre Erfahrungen, Hoffnungen und Enttäuschungen doch die große Mehrheit der afroamerikanischen Familien der damaligen Zeit. Wenn man im 20. oder 21. Jahrhundert in Deutschland aufgewachsen ist, so kann man über die Lektüre von *A Raisin in the Sun* verstehen lernen, welch langen Weg Menschen mit dunkler Hautfarbe in den USA zu gehen hatten, um ihren heutigen Status zu erlangen.

Erfahrungen der afroamerikanischen Bevölkerung

Weiterhin sind Chauvinismus und Feminismus in dem Theaterstück ein ernstzunehmendes Thema. Beneatha erweckt große Bewunderung beim Leser, da sie sich mit viel Entschlossenheit und Energie gegen ihren chauvinistischen Bruder Walter Lee auflehnt. Was in der Gegenwart als selbstverständlich angesehen wird, nämlich die selbstständige Berufswahl einer jungen Frau, galt zur Zeit des Stückes als Tabu.

mit erhobenem Zeigefinger: with moralizing undertones | **Leidensdruck:** suffering | **große Bewunderung erwecken:** to cause admiration

Andererseits verkörpert Beneatha gleichermaßen das Thema des ›Afrocentrism‹, also den Stolz der afrikanischen Bevölkerung auf ihr afrikanisches Erbe. Erst in den 1990er Jahren wurde diese Einstellung innerhalb der jungen schwarzen Bevölkerung ein bekanntes Lebensgefühl. Zur Zeit des Theaterstückes war der Stolz der Afrikaner auf ihre Wurzeln die Ausnahme, die hier ausgerechnet eine junge Frau verkörpert. Lorraine Hansberry zeigt sich somit als soziale Visionärin mit der Zeichnung der Figur der gleichzeitig intelligenten und rebellischen Beneatha Younger.

Zusammenfassend steckt eine Vielzahl von Themen in dem relativ kurzen Theaterstück: zerstörte Träume, Rassismus und damit gekoppelte Armut, Feminismus, Generationenkonflikt zwischen Frauen, Geschlechterrolle und ›black self-pride‹. All diese Themen sprechen eine breite Leserschaft an, die zum Grübeln und schließlich auch zum Handeln angeregt wird.

etw. verkörpern: to embody s.th. | **Erbe:** heritage | **soziale Visionärin:** social visionary

2. Inhaltsangabe

Akt I, Szene 1

Die Handlung des gesamten Theaterstückes erstreckt sich über einige Wochen und spielt in der Southside von Chicago in den Fünfzigerjahren des 20. Jahrhunderts. Handlungsort ist die bescheidene Wohnung der Familie Younger.

Es ist früh am Morgen in der beengten Wohnung der afroamerikanischen Familie Younger. Die Wohnung verfügt über zwei Schlafzimmer. In einem dieser beiden Zimmer schlafen das Familienoberhaupt Lena Younger (Mama) und ihre jüngste Tochter Beneatha. In dem zweiten Zimmer schlafen Walter Lee, Mamas ältester Sohn, und seine Frau Ruth. Der junge Sohn des Ehepaares, Travis, schläft auf dem Sofa im Wohnzimmer. Die Mietwohnung ist sehr klein für die Anzahl an Personen und hat nur ein einziges Fenster, das sich in der kleinen Küche befindet. Da es in der Wohnung kein Badezimmer gibt, teilen sich die Youngers das Etagenbad mit den Nachbarn im Haus. Die Einrichtung ist alt und abgewohnt.

Ruth, Travis' Mutter, ist das erste Familienmitglied, das aufsteht. Während sie das Frühstück für die Familie vorbereitet, versucht sie, den schlaftrunkenen

sich erstrecken über: to cover | **Familienoberhaupt:** head of the family | **abgewohnt:** shabby | **schlaftrunken:** drowsy

Travis und ihren müden Ehemann Walter Lee zum Aufstehen zu bewegen.

Travis macht sich in dem Gemeinschaftsbadezimmer fertig. Währenddessen unterhält sich das Ehepaar Ruth und Walter Lee. Sie wirken nicht sehr glücklich, sind aber bemüht, etwas Humor an den Tag zu legen. In ihrem Gespräch wird immer wieder ein bestimmter Scheck erwähnt, der wichtig scheint. Als Travis seine Mutter um fünfzig Cent für die Schule bittet, muss sie gestehen, dass sie kein Geld hat. Als der Junge weiter insistiert, reagiert sie ihm gegenüber gereizt. Walter Lee gibt daraufhin seinem Sohn einen ganzen Dollar und scheint Ruths Verhalten zu missbilligen. Travis verlässt die Wohnung, um gut gelaunt zur Schule zu gehen.

■ Geldknappheit

Walter teilt Ruth mit, dass er den besagten Scheck dafür nutzen möchte, um einen Getränkeladen für alkoholische Getränke zu eröffnen. Er plant, dies gemeinsam mit Freunden in die Tat umzusetzen.

■ Projekt Schnapsladen

Die Unterhaltung dreht sich immer wieder darum, dass Ruth sehr unzufrieden mit ihrem Leben ist, aber in Walters Augen selbst nichts dagegen unternimmt. Außerdem fühlt sich Walter von Ruth nicht unterstützt und äußert dies auch deutlich. Er ist der Meinung, dass es ein typischer Fehler farbiger Frauen sei, nicht hinter ihren Ehemännern zu stehen. Er sagt ihr, dass er einen Traum hat, und wirft ihr vor, dass sie

gereizt: bad-tempered | **etw. missbilligen:** to disapprove of s.th.

ihn, statt ihm zuzuhören, nur auffordert, seine Frühstückseier zu essen.

Die zwanzigjährige Schwester Walter Lees, Beneatha, die in der Zwischenzeit aufgestanden ist, erscheint. Als sie feststellt, dass das Gemeinschaftsbadezimmer gerade von einem anderen Bewohner des Hauses benutzt wird, lässt sie sich auf einen Wortwechsel mit ihrem Bruder Walter ein. Wieder geht es um den Scheck, der am nächsten Tag eintreffen soll. Beneatha ist der Meinung, dass ihre Mutter ganz alleine entscheiden soll, wofür das Geld verwendet wird. Walter teilt seiner Schwester unmissverständlich mit, dass er gegen ihre Berufswahl ist, zumal die Kosten für das Studium einen Teil des eingelösten Schecks schlucken werden. Beneatha möchte studieren, um Ärztin zu werden; ihr Bruder meint dagegen, sie solle doch einfach nur den Beruf der Krankenschwester ausüben.

■ Beneathas berufliche Ambitionen

Nun wird es Zeit für Walter, zur Arbeit aufzubrechen. Er arbeitet als Fahrer für einen weißen Mann. Er muss jedoch seine Frau um Fahrgeld für den Weg zur Arbeit bitten, da er sein letztes Geld Travis gegeben hat.

Lena Younger (Mama) betritt nun den Raum. Sie ist Anfang sechzig. Sie geht direkt auf das Fenster in der Küche zu, um sich um eine Pflanze auf der äußeren Fensterbank zu kümmern. Sie sorgt sich um den En-

■ Lena Younger und die Fürsorge für ihre Pflanze

Wortwechsel: argument | **unmissverständlich:** unmistakably (*adv.*)

kelsohn Travis, da sie glaubt, Ruth würde sich nicht in angemessener Weise um ihn kümmern.

Scheck über 10 000 Dollar

Lena Younger fragt Ruth, was sie mit dem Scheck machen würde, der sich auf 10 000 Dollar beläuft. Ruth bezieht Position für Walter und meint, Mama solle ihm einen Teil des Geldes geben. Mit diesem Geld könne er dann den Getränkeladen eröffnen und so wieder glücklich werden. Ihr ist bewusst, dass ihr Mann seit einiger Zeit unter seiner materiellen Situation leidet. Mama Younger kann sich mit dem Projekt Schnapsladen überhaupt nicht anfreunden, da sie ihre Familie nicht als Unternehmer, sondern eher als Arbeiter sieht.

Außerdem hegt sie den langersehnten Wunsch, mit der Auszahlung der Versicherungssumme aus der Lebensversicherung ihres verstorbenen Ehemannes ein kleines Haus zu erwerben. Auf dem Rasen vor dem Eigenheim könnte ihr Enkel Travis unbeschwert spielen. Der Traum von einem eigenen Haus war ursprünglich ein Traum, den sie zusammen mit ihrem Ehemann hatte und den sie nun nach seinem Tod umso bestimmter realisieren möchte.

Mama und Ruth beginnen, sich über Beneatha lustig zu machen, da sie wohl unentwegt neuen Aktivitäten nachgeht, die sie in relativ kurzer Zeit wieder fallen lässt. Zurzeit lernt Beneatha Gitarre spielen. Die junge Frau erklärt ihrer Mutter und ihrer Schwägerin auf sehr eindringliche Weise, dass sie mit diesen

sich mit etw. anfreunden: to approve of s. th.

Aktivitäten versuche, sich selbst auszudrücken. Auf diese Aussage reagieren Lena und Ruth mit einem herzhaften Lachen. Weiterhin sprechen sie von George Murchison, einem reichen schwarzen jungen Mann, mit dem Beneatha ausgeht. Beneatha reagiert wütend, als die beiden Frauen George sehr loben, denn sie hält ihn für oberflächlich. Die beiden älteren Frauen können Beneathas Haltung nicht verstehen, denn sie meinen, sie müsse ihn aufgrund seines Reichtums mögen. Beneatha erwidert, dass genau aus diesem Grund diese Beziehung keine Zukunft hätte. Die Angehörigen von George würden Beneatha nicht akzeptieren, weil sie arm sei.

Da Beneatha in Mamas Anwesenheit den Namen des Herrn unüberlegt verwendet, entsteht eine neue Diskussion zwischen der tief religiösen Mutter und ihrer kritischen Tochter. Beneatha steht auf dem Standpunkt, dass Gott ihrer Familie nicht helfen würde. Diese Äußerung versetzt Mama in größte Aufregung und sie betont, dass sie das Familienoberhaupt sei und solche gottlosen Gedanken nicht in ihrem Zuhause geäußert werden dürften. Als Lena das Zimmer verlassen hat, sagt Beneatha leise, dass anscheinend alle anderen Mitglieder damit einverstanden seien, dass ihre Mutter ein Tyrann sei. Danach verlässt Beneatha die Wohnung, um zum College zu gehen.

■ Beneathas gottlose Ansichten

Als Mama erscheint und sich wieder einmal liebe-

oberflächlich: superficial | **gottlose Gedanken:** pagan thoughts voll um ihre Pflanze kümmert, beklagt sie sich bei Ruth darüber, dass sie und ihre Kinder sich überhaupt nicht mehr verstehen würden. Ruth beruhigt sie, indem sie sagt, dass ihre Kinder in Ordnung seien und einfach nur einen starken Willen hätten.

Ruth fällt plötzlich in Ohnmacht.

Akt I, Szene 2

Am nächsten Tag – einem Samstag – sind Lena und Beneatha Younger vormittags intensiv damit beschäftigt, den wöchentlichen Wohnungsputz vorzunehmen. Ruth ist außer Haus, um einen Arzt zu konsultieren.

Alle warten darauf, dass der Scheck über die Versicherungssumme von 10 000 Dollar zugestellt wird. Walter erhält einen Anruf von seinem Freund Willy Harris, der das Projekt Schnapsladen in juristischer Hinsicht koordinieren soll. Alles, was nun noch zu Walters Selbstständigkeit fehlt, ist der Scheck. Er verspricht, Willy das Geld persönlich vorbeizubringen, sobald der Scheck eingetroffen ist.

Als das Telefon klingelt und Beneatha den Anrufer, Joseph Asagai, kurzerhand einlädt, sie in der Wohnung zu besuchen, kann Mama dies nicht verstehen. Die Wohnung befindet sich ihrer Meinung nach, da gerade geputzt wird, in keinem repräsentablen Zustand. Beneatha entgegnet, Asagai sei ein afrikani-

in Ohnmacht fallen: to faint | **etw. zustellen (Post):** to deliver s.th. | **repräsentabler Zustand:** representable state

scher Intellektueller aus Nigeria, der sich nicht am Zustand der Wohnung stören würde. Es entsteht eine lebhafte Diskussion zwischen Mama und Beneatha, in deren Verlauf die Tochter die Unwissenheit ihrer Familie über Afrika und die Afrikaner heftig kritisiert. Lena Younger steht auf dem Standpunkt, dass die Afrikaner von ihrem Heidentum erlöst werden müssten. Beneatha hingegen hält es für dringend notwendig, dass die Afrikaner vom Joch des französischen und britischen Kolonialismus erlöst werden.

■ Mamas Ignoranz gegenüber Afrikanern

Ruth kommt von ihrem Arztbesuch zurück: Sie ist im zweiten Monat schwanger. Sie teilt dies ihrer Schwiegermutter und ihrer Schwägerin direkt mit. Während sowohl Ruth als auch Beneatha beunruhigt über diese Tatsache sind, hofft Mama nur, dass das Baby ein Mädchen sein wird. Als sich Ruth auf den Arzt mit dem Personalpronomen »sie« bezieht, wird sie misstrauisch, denn ihr Hausarzt ist ein Mann und keine Frau. Ruth fühlt sich krank und insgesamt aufgrund der Schwangerschaft angespannt. Mama versucht ihr dabei zu helfen, sich zu entspannen.

■ Ruths Schwangerschaft

Joseph Asagai besucht nun Beneatha in der Wohnung. Als Geschenke hat er landestypische Kleidung und Musik aus Nigeria mitgebracht. Beneatha gefällt es, die Kleider anzuprobieren. In diesem Zusammenhang wundert sich Asagai über das glatte Haar der jungen Frau. Er findet es schlichtweg zu amerikanisch

■ Joseph Asagai besucht Beneatha

Heidentum: heathenism | **Joch:** yoke | **misstrauisch:** suspicious, mistrustful | **angespannt:** tense

und unnatürlich. Beneatha erklärt ihm, dass auch sie früher krauses Haar wie er gehabt habe und dass sie es nicht mochte. Asagai macht sich einen Spaß daraus, die junge Frau etwas damit zu ärgern, dass sie so ernsthaft nach ihrer Identität suche. Er meint hier im Speziellen Beneathas Suche nach ihrer afrikanischen Identität. Beneatha betont, dass sie nichts von der zurzeit sehr beliebten Welle der Assimilation – also der Anpassung des afrikanischen Volkes an den amerikanischen Kulturkreis – hält.

Nun gesteht Asagai, dass er ernsthafte Gefühle für die junge Frau empfindet. Leider reagiert Beneatha darauf, indem sie sagt, sie wolle nicht einfach nur die Geliebte von jemandem sein. Ihr erklärtes Ziel sei es, eine unabhängige und befreite Frau zu werden. Asagai macht sich über diesen Wunsch seiner Angebeteten lustig.

Mama unterhält sich mit Asagai

Als Mama das Zimmer betritt und Beneatha sie ihrem Gast vorgestellt hat, gibt die Mutter ihr Bestes, um Eindruck zu schinden. Sie wiederholt Beneathas Ansichten über Afrika und die Afrikaner, so gut es ihr bei ihrem beschränkten Verständnis möglich ist. Sie fragt Asagai, ob er zum Abendessen bleiben möchte.

Als sich Asagai verabschiedet, verwendet er den Kosenamen »Alaiyo« (S. 102) für Beneatha, der ungefähr bedeutet: »Eine, für die Brot – Essen – nicht ge-

Assimilation: assimilation | **Angebetete:** love | **Eindruck schinden:** to make an impression

nug ist«. Sowohl Lena als auch Beneatha Younger sind wie verzaubert von dem nigerianischen Besucher.

Nun wird auch endlich der langersehnte Scheck zugestellt.

Als Walter nach Hause kommt, möchte er natürlich sofort ganz aufgeregt wissen, ob der Scheck eingetroffen sei. Lena sagt ihm, er solle besser mit seiner Frau sprechen, was er persönlich lieber auf später verschieben möchte. Mama betont, dass sie unter keinen Umständen Geld in einen Schnapsladen investieren wird. Walter betont verärgert, dass er ein erwachsener Mann sei und nimmt seinen Mantel, um zu gehen. Es folgt ein sehr ernsthaftes Gespräch zwischen Mutter und Sohn darüber, was Walter wirklich in seinem Leben möchte. Es geht nicht darum, dass er unzufrieden mit seiner Ehe ist und nach anderen Frauen Ausschau hält. Er ist zutiefst unglücklich darüber, als Fahrer eines Weißen arbeiten zu müssen. Er träumt davon, so wie die Weißen auch das große Geld zu machen. Lena kann diese Sicht auf das Leben nicht nachvollziehen, da sie sagt, dass nicht Geld, sondern Freiheit früher das wirkliche Leben bedeutete. Am Ende der Szene ist Walter völlig verzweifelt, weil seine Mutter ihn überhaupt nicht versteht.

Mutter und Sohn verstehen sich nicht

von jdm. verzaubert sein: to be under s.o.'s spell | **langersehnt:** long-hoped-for | **etw. verschieben:** to postpone s.th. | **unter keinen Umständen:** under no circumstances **etw. nachvollziehen:** understand, imagine s.th.

Akt II, Szene 1

Die erste Szene des zweiten Aktes spielt am gleichen Tag zu einem späteren Zeitpunkt.

Beneatha kommt aus ihrem Zimmer und trägt die nigerianischen Kleider, die ihr Asagai mitgebracht hat. Sie tanzt und singt dazu in nigerianischer Manier. Ruth findet die Bekleidung nicht ansprechend und stellt ihrer Schwägerin verschiedene Fragen dazu.

Unterdessen kommt Walter im angetrunkenen Zustand wieder nach Hause und lässt sich auf einen vermeintlich afrikanischen Ritualtanz mit seiner Schwester ein. Er springt dafür sogar auf den Tisch und nennt sich »Flaming Spear« (S. 120). Ruth, die das ganze Spektakel missbilligend beobachtet, äußert ihren Unmut darüber.

Nun trifft George Murchison ein, der Beneatha zum Ausgehen abholen möchte. Als Beneatha die nigerianische Kopfbedeckung abnimmt, sieht jeder, dass sie ihr Haar abgeschnitten hat. Das Ergebnis ist ein afrikanisch aussehender Kurzhaarschnitt. Alle Anwesenden sind gleichzeitig schockiert und enttäuscht über Beneatha. Es entzündet sich nun eine heftige Debatte über die Bedeutung der afrikanischen Wurzeln der anwesenden Personen.

Die Bedeutung des afrikanischen Erbes

Während sich Beneatha in ihr Zimmer zurück-

Manier: manner | **ansprechend:** appealing | **eine heftige Debatte entzünden:** to open a heated debate

zieht, um sich für den Theaterbesuch umzuziehen, spricht Walter mit George über seine geschäftlichen Pläne. George scheint jedoch nicht interessiert an diesem Thema. Walter macht sich über Georges weiße Schuhe lustig, was Ruth verlegen macht. George scheint auf Walter herabzuschauen und nennt ihn Prometheus, was Walter noch wütender auf George werden lässt. Prometheus steht für eine Figur, die vorausdenkt und die Menschheit zivilisieren bzw. emanzipieren möchte. Walter kann sich mit dieser Figur in keiner Weise identifizieren. Schließlich verlassen George und Beneatha die Wohnung.

Es entzündet sich ein Streit zwischen Ruth und Walter, da seine Frau missbilligt, dass er häufig ausgeht und Geld ausgibt; sie sieht seinen Kontakt zu Willy Harris nicht sehr gerne. In diesem Gespräch erkennen sie beide, dass sich zwischen ihnen eine große emotionale Distanz eingestellt hat.

Lena Younger kommt nach Hause zurück und teilt mit, dass sie von dem Scheck eine Anzahlung für ein Eigenheim geleistet habe. Ruth reagiert auf diese Neuigkeit mit großer Freude. Sie wünscht sich auch sehr, endlich die schäbige Wohnung verlassen zu können, um in ein respektableres Zuhause einzuziehen. Walter reagiert verärgert darauf, denn er hatte sich vorgestellt, dass die gesamte Versicherungssumme in einen Schnapsladen investiert würde.

■ Mama zahlt ein Eigenheim an

jdm. verlegen machen: to embarrass s.o. | **schäbig:** shabby

Clybourne Park und nichts als Ärger

Als Mama den restlichen Familienmitgliedern eröffnet, dass sich das neue Eigenheim in Clybourne Park befindet, zeigen sich alle beunruhigt. Clybourne Park ist eine ausschließlich weiße Wohngegend. Mama betont jedoch, dass dieses Haus das einzige Haus war, das sie sich leisten können. Angebote in schwarzen Wohngegenden seien deutlich teurer gewesen. Lena steht zudem auf dem Standpunkt, dass das gemeinsame Haus die Familie zusammenhalten würde. Ruth findet wieder zu ihrer Vorfreude auf das neue Zuhause zurück. Walter ist jedoch über diese neue Entwicklung am Boden zerstört. Um seine Mutter bewusst zu verletzen, sagt er ihr ins Gesicht, sie habe seinen Traum zerstört; ausgerechnet sie, die immer von den Träumen ihrer Kinder sprechen würde.

Nachdem er sich in sein Schlafzimmer zurückgezogen hat, bleibt Mama alleine am Küchentisch zurück und gibt sich ihren Sorgen in Gedanken hin.

Akt II, Szene 2

Diese Szene spielt an einem Freitagabend einige Wochen später. Beneatha und George kommen vom Ausgehen zurück. Die Wohnung der Youngers ist voller Umzugskisten.

George wird von Beneatha abgewiesen

Als George den Versuch unternimmt, Beneatha zu küssen, wehrt sie ihn ab. Ihr ist es viel wichtiger, sich

Vorfreude: anticipation | **am Boden zerstört sein:** to be down and out mit ihm über die Notlage der Afroamerikaner auseinanderzusetzen, als Zärtlichkeiten auszutauschen. George hingegen möchte nur ein einfaches, aber intelligentes Mädchen zum Heiraten haben. Als Beneatha ihn aus der Wohnung verweist, erscheint Mama. Als die Mutter wissen möchte, ob sie mit George eine gute Zeit verbracht habe, entgegnet ihr die Tochter, dass George ein Idiot sei. Erstaunlicherweise teilt Mama die Meinung ihrer Tochter und findet, sie solle ihre Zeit wirklich nicht mit Idioten verschwenden.

Der Besuch der Nachbarin Mrs Johnson

Es kommt die Nachbarin Mrs Johnson zu Besuch. Als ihr Mama und Ruth Getränke und etwas zu essen anbieten, nimmt sie die Einladung an. Der Anlass ihres Besuchs ist der Angriff von Weißen auf eine schwarze Familie, die in einer bislang rein weißen Nachbarschaft eingezogen war. In sehr unsensibler Art mutmaßt sie, dass die Youngers ebenso aus ihrem Haus in Clybourne Park vertrieben würden. Ebenso beleidigt sie die Youngers, indem sie sie als »proud-acting bunch of coloured folks« (S. 152) bezeichnet. Sie zitiert zusätzlich noch Booker T. Washington, einen berühmten afroamerikanischer Denker und Verfechter der Assimilation. Lena Younger reagiert wütend auf die Nachbarin, denn sie ist keine Verfechterin der Assimilation, da sie zu starke afrikanische Wurzeln hat. Lena schlägt zurück, indem sie Washington einen »fool« (S. 152) nennt. Die aufdringliche Nachbarin verlässt daraufhin die Wohnung der Youngers.

Notlage: plight, predicament | **aufdringlich:** obtrusive

Walters drohende Kündigung

Walters Chef ruft bei der Familie an, um Ruth mitzuteilen, dass ihr Mann seit drei Tagen nicht zur Arbeit erschienen ist. Walter gibt zu, dass er sich tagsüber irgendwo auf dem Land aufgehalten hat. Die Abende hat er in einer Jazz-Bar verbracht. Er sagt, dass er sich deprimiert und verzweifelt fühlt. Er hat das Gefühl, als Mann in der Familie nichts zu taugen. Seine Arbeit als Fahrer eines weißen reichen Mannes empfindet er als die Arbeit eines Sklaven.

Als Lena dies hört, sagt sie, sie fühle sich schuldig, weil er so unglücklich sei. Gleichzeitig habe sie nie etwas getan, um ihre Kinder zu verletzen.

Lena händigt Walter außerdem die restlichen 6500 Dollar der Versicherungssumme aus. Sie erteilt ihm den Auftrag, davon 3000 Dollar für Beneathas Studium zurückzulegen und die verbleibenden 3500 Dollar zu behalten. Ihr ist es wichtig, dass er mit diesem Geld so umgeht, wie es für ein Familienoberhaupt angemessen ist. Somit tritt sie ihre Stellung als Familienoberhaupt an ihren Sohn ab.

Walter zeigt sich zuversichtlich

Die Aussicht auf diese neuen finanziellen Möglichkeiten stimmt Walter wieder zuversichtlich. Seinem jungen Sohn Travis gegenüber schwärmt er von einer Transaktion, die die Familie reich machen würde. Walter gerät noch mehr ins Schwärmen, als er von ihrem zukünftigen Eigenheim und ihren Autos sowie der College-Ausbildung des Sohnes erzählt.

nichts taugen: to be good for nothing | **zurücklegen (Geld):** to put by | **etw. an jdn. abtreten (eine Stellung):** to offer s.th. to s.o. else | **Aussicht auf etw.:** prospect of s.th.

Akt II, Szene 3

Die Szene spielt eine Woche später, wieder an einem Samstag. Heute soll der Umzug in das Eigenheim in Clybourne Park vonstatten gehen.

Ruth zeigt Beneatha die Gardinen, die sie für das neue Haus angeschafft hat. Sie sagt ihr auch, dass sie als Erstes in dem neuen Haus ein ausgiebiges Bad in ihrem eigenen Badezimmer nehmen werde. Ruth erzählt auch davon, dass sich in der Familie die Atmosphäre verbessert habe. Sie und Walter seien sogar im Kino gewesen und hätten Händchen gehalten am Abend zuvor. Als Walter das Zimmer betritt, beginnt er, mit Ruth zu tanzen. Beneatha macht sich etwas lustig über die beiden, indem sie sagt, sie würden sehr stereotyp reagieren. Ruth und Walter verstehen, dass diese Bemerkung nicht wirklich ernst gemeint ist. Walter sagt, seine Schwester würde nur über das Thema Rasse sprechen. Lena Younger befindet sich zu diesem Zeitpunkt nicht in der Wohnung.

Ein weißer Mann mittleren Alters namens Karl Lindner taucht plötzlich an der Tür auf. Er ist ein Mitglied der »Clybourne Park Improvement Association« (S. 165). Er sagt zunächst, dass Probleme auftauchen, wenn Personen unterschiedlicher Herkunft nicht miteinander kommunizieren würden. Wenig später äußert er die Meinung, dass man der Auffassung sei, dass die Anwesenheit der Youngers die Gemeinschaft in

■ Besuch des weißen Karl Lindner und sein Angebot

vonstatten gehen: to take place

Clybourne Park zerstören würde. Zurzeit wohnten dort nur weiße Menschen aus der Arbeiterklasse, die ihren Traum von ihrer Gemeinschaft von nichts bedroht sehen möchten. Mr Lindner bietet den Youngers an, ihnen mehr Geld, als sie für das Haus bezahlt haben, zu geben, damit sie dort nicht einziehen. Die Mitglieder der Familie Younger sind alle sehr verärgert über dieses Angebot, schaffen es aber dennoch, ihre Wut zu kontrollieren. Walter – als neues Familienoberhaupt – teilt Mr Lindner unmissverständlich mit, dass sie das Angebot nicht annehmen werden und weist den ungebetenen Gast aus seiner Wohnung.

Als Mama nach Hause zurückkehrt und sie von Lindners Besuch erfährt, zeigt sie sich schockiert und beunruhigt. Auch sie ist dagegen, Lindners Angebot anzunehmen. Danach stellt Lena sicher, dass ihre geliebte Pflanze für den Umzug auch wirklich gut verpackt ist. Jetzt überraschen sie die anderen Familienmitglieder mit Geschenken für das neue Zuhause. Sie schenken ihr Gartenwerkzeuge und Travis hat ihr einen Hut besorgt.

Willy Harris ist mit dem Geld verschwunden

Unerwartet taucht Bobo, ein Freund von Walter auf, der eine unerfreuliche Nachricht hat: Willy Harris ist mit dem gesamten Betrag, den Walter in den Schnapsladen investieren wollte, verschwunden. Nun stellt sich heraus, dass Walter auch die für Beneathas Medizinstudium vorgesehenen 3000 Dollar in das Projekt Schnapsladen investiert hat. Auf diese

jdn. aus der Wohnung weisen: to make s.o. leave the flat | **unerfreulich:** unpleasant

Nachricht reagiert Mama, indem sie Walter ins Gesicht schlägt und von Beneatha zurückgehalten werden muss. Lena Youngers Stimmung schlägt um und sie betet zu Gott, um Stärke für diese Situation zu bekommen. Es schmerzt sie besonders, dass ihr verstorbener Mann sehr schwer für dieses nun verlorene Geld gearbeitet hat.

Akt III

Der dritte Akt spielt am gleichen Tag, nur eine Stunde später. Die Youngers sind aufgrund der vorangegangenen Vorfälle noch in einer gedrückten Stimmung.

Asagai kommt, um beim Umzug zu helfen. Er stellt fest, dass Beneatha ihren Berufswunsch plötzlich in Frage stellt. Sie glaubt nicht mehr daran, Menschen helfen zu können. Nicht enden wollendes menschliches Leid scheint sie nun zu entmutigen, so dass sie ihren Kampf für eine bessere Welt aufgibt.

Asagai erzählt ihr von seinem Traum, nach Afrika zurückzukehren, um dort Positives zu bewirken. Es gelingt ihm, die junge Frau wieder zu begeistern, und er fragt sie, ob sie mit ihm nach Afrika zurückfahren wolle. Als er geht, denkt Beneatha über diesen Vorschlag nach.

■ Asagai macht Beneatha einen Vorschlag

Plötzlich teilt Lena Younger mit, dass man nicht umziehen werde. Walter, der in der Zwischenzeit

schmerzen: to grieve | **in einer gedrückten Stimmung sein:** to feel depressed | **etw. in Frage stellen:** to question s.th.

Lindner kontaktiert hat, kommt zurück: Er hat vor, Lindners Angebot doch anzunehmen. Die restlichen Familienmitglieder widersprechen heftig, indem sie auf ihren Stolz verweisen. Walter mimt einen stereotypen schwarzen Diener, der sich aufgibt und unterordnet. Für Lena ist der Fall klar: In ihrem Sohn ist etwas abgestorben. Beneatha protestiert und sagt, er sei nicht länger ihr Bruder, aber Mama sagt ihr, sie solle ihn gerade jetzt besonders lieben.

Die Arbeiter der Umzugsspedition kommen gleichzeitig mit Lindner bei der Wohnung an. Karl Lindner legt Walter Verträge zur Unterschrift vor. Walter erklärt Lindner, dass die Youngers stolz seien und dass sie sehr hart arbeiten würden. Sie würden beabsichtigen, in ihr neues Haus einzuziehen. Schließlich verlässt Lindner die Wohnung, ohne die Unterschrift Walters zu haben.

Walter ändert seine Meinung

Nun werden die restlichen Gegenstände für den Umzug verpackt. Mama sagt Ruth, dass Walter nun endlich ein Mann geworden sei, indem er sich Lindner gegenüber so gezeigt habe. Ruth ist sehr stolz auf ihren Ehemann.

Lena Younger verlässt als Letzte die Wohnung mit ihrer Pflanze im Arm.

auf etw. verweisen: to refer to | **Vertrag:** contract

3. Figuren

Walter Lee Younger

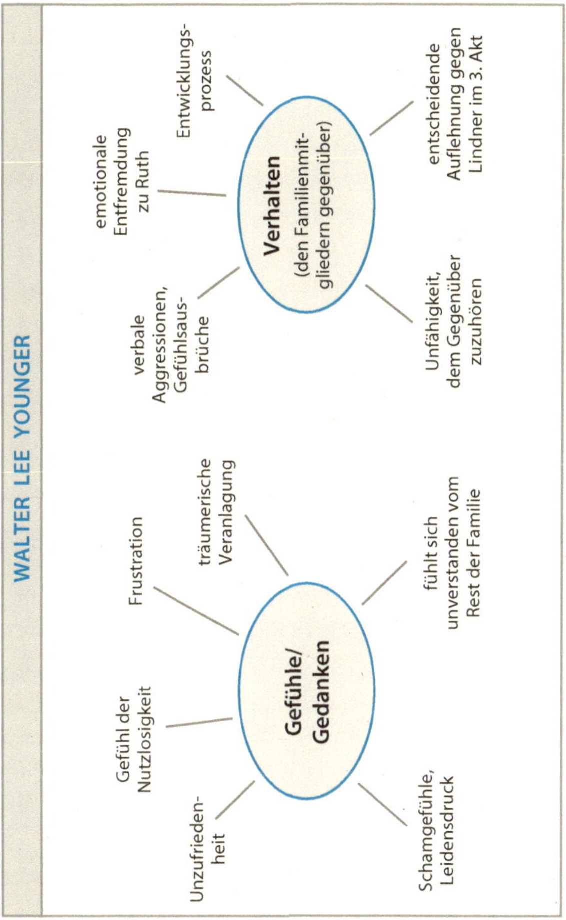

Abb. 1: Charakterisierung Walter Lee Younger

Walter Lee Younger ist das einzige männliche erwachsene Familienmitglied der Youngers. Er ist ein schlanker Afroamerikaner im Alter von Mitte dreißig, der zusammen mit seiner Frau Ruth sowie seiner Mutter Lena Younger und seiner jüngeren Schwester Beneatha in einer schäbigen Mietwohnung in der Southside von Chicago lebt. Er arbeitet als Fahrer für einen reichen Weißen.

Es sind nicht diese stereotypen Gegebenheiten, die ihn sowohl zum Protagonisten als auch zum Antagonisten des Theaterstücks machen. Vielmehr lassen ihn verschiedene Facetten seiner Persönlichkeit zum Dreh- und Angelpunkt der Handlung werden. So sind es zum einen seine Gefühle und Gedanken und zum anderen die daraus resultierenden streitbaren Verhaltensweisen seinen Nächsten gegenüber, die Zündstoff bieten.

Dreh- und Angelpunkt der Handlung

Von Anfang an zeigt sich Walter ganz deutlich sehr unzufrieden mit seiner Arbeit als Fahrer. Er ist sensibel genug, um wahrzunehmen, wie sehr er sich mit dieser Arbeit in einem typischen Rollenklischee befindet. Er leidet auch deshalb unter dieser Situation, weil ihm bewusst ist, dass er es mit seinem Beruf finanziell nie zu einem gewissen Standard oder gar Reichtum bringen wird. Die weiße amerikanische Bevölkerung hingegen – so stellt er fest – hat es viel leichter, große Summen Geld zu verdienen oder gewinnbringend an-

Dreh- und Angelpunkt: focus | **Zündstoff bieten:** to be the bone of contention | **etw. wahrnehmen:** to realize s.th. | **Rollenklischee:** stereotype

zulegen. Sein Leidensdruck verstärkt sich immer dann, wenn ihn die Familienmitglieder provozieren bzw. mit ihrer eigenen Sichtweise konfrontieren. Er fühlt sich schnell unverstanden und da er ohnehin deprimiert und frustriert ist, entlädt sich seine Wut in verbaler Aggression den Familienmitgliedern gegenüber.

■ Frustration und Aggressivität

Im Prinzip liegt ihm viel am Wohle seiner Familie, doch fühlt er sich zu sehr unter Druck, um dies in angemessener Weise zu zeigen. Es ist gerade das Bild, das er von einem männlichen schwarzen Familienoberhaupt vor Augen hat, das ihn so wütend macht. Seiner Ansicht nach sollte dieses Familienoberhaupt in der Lage sein, seine Familie adäquat zu ernähren. Er ist überzeugt davon, als Familienvater und Ernährer nutzlos zu sein, da die Familie aufgrund seines geringen Einkommens sehr beengt wohnen muss. Ebenso stellen sich zeitweise auch Schamgefühle aufgrund seiner Armut ein, die nicht besser werden, wenn er sich vorstellt, auf der sozialen Leiter nie aufsteigen zu können.

Möglicherweise liebt er seine Frau Ruth, aber er entfremdet sich emotional von ihr, weil sie ihn in seinen Plänen nicht unterstützt. In seiner fast blinden Wut übersieht er dabei, dass Ruth ihm stets eine loyale und sehr anpassungsfähige Ehefrau ist. Wäre sie genauso

■ Entfremdung von seiner Frau

Leidensdruck: psychological strain | **sich in etw. entladen:** to give vent to sth. | **Ernährer:** breadwinner | **Schamgefühle:** sense of shame | **sich von jdm. entfremden:** become a stranger to s.o. | **anpassungsfähig:** flexible

aggressiv wie er, würde die Ehe in einer Katastrophe enden. Walter versäumt es – eine Ausnahme bildet der dritte Akt –, rational über bestimmte Situationen nachzudenken, so wie man es normalerweise von einem reifen Erwachsenen erwarten würde.

Walters aggressive Art sowie seine Unfähigkeit, dem Gegenüber zuzuhören, machen ihn nicht notwendigerweise zu einem Sympathieträger für den Leser. Der Leser mag zu Beginn des Theaterstücks noch nachvollziehen, dass Walter Pläne hat, die er aufgrund seiner Hautfarbe und sozialen Herkunft kaum umsetzen kann. Das Verständnis des Lesers für ihn wird jedoch immer dann strapaziert, wenn er seiner Mutter mit seinen Gefühlsausbrüchen das Leben schwermacht. Er übersieht in diesen Konflikten immer, dass ihn seine Mutter über alles liebt. Sie stimmt nur deshalb nicht kritiklos seinem Projekt Schnapsladen zu, weil ihr etwas an ihm und seiner ganzen Familie liegt. Es kommt noch ein Generationenkonflikt zwischen Walter und Lena Younger hinzu: Die Mutter ist aufgrund ihrer Erfahrungen froh, wenigstens nicht mehr versklavt leben zu müssen. Walter – als Vertreter der nächsten afroamerikanischen Generation – hat zwangsläufig weitergehende Ziele.

Als sich Walter im dritten Akt gegen Lindner auflehnt und ihn in sehr bestimmter Art aus seiner Wohnung wirft, hat dies verschiedene Implikationen. Sein

Gegenüber: interlocutor | **Sympathieträger:** likeable character | **Gefühlsausbruch:** emotional outburst | **weitergehend:** further reaching

Verhalten zeigt, dass er nach vielen Querelen schließlich doch im Sinne seiner Mutter agieren kann und sie damit auch mit Stolz erfüllt. Darüber hinaus wird deutlich, dass Walter eine entscheidende Entwicklung im Verlauf des Stückes durchlaufen hat: vom träumerischen, zornigen und handlungsunfähigen Menschen zum mutigen sowie pragmatisch-orientierten schwarzen Familienoberhaupt.

Walters Entwicklung

Mama (Lena Younger)

Mama (Lena Younger) ist Walters und Beneathas fürsorgliche Mutter, die Großmutter des kleinen Travis und das Familienoberhaupt der Youngers. Sie ist Mitte sechzig, korpulent und hat weißes Haar. Sie ist wohl erst seit kurzem Witwe. Für sie ist es selbstverständlich, ein christliches Leben zu führen und die Religiosität in Wort und Tat in den Alltag zu integrieren. Diese Religiosität lässt sie sehr authentisch – bisweilen edel – auf den Leser wirken. So schmerzt es sie sehr, wenn Beneatha nicht an Gott glauben kann. In diesem Kontext kann sie sich auch, egal wie knapp die finanziellen Mittel der Familie sind, eine Abtreibung von Ruths zweitem Kind nicht vorstellen.

Religiosität des Familienoberhauptes

Lena Younger lebt nicht nur nach religiösen Prinzipien, sondern sie hat auch ganz pragmatische Regeln.

Querele: quarrel | **handlungsunfähig:** incapable of acting | **pragmatisch-orientiert:** pragmatic | **korpulent:** stout | **in Wort und Tat:** in word and deed | **Abtreibung:** abortion

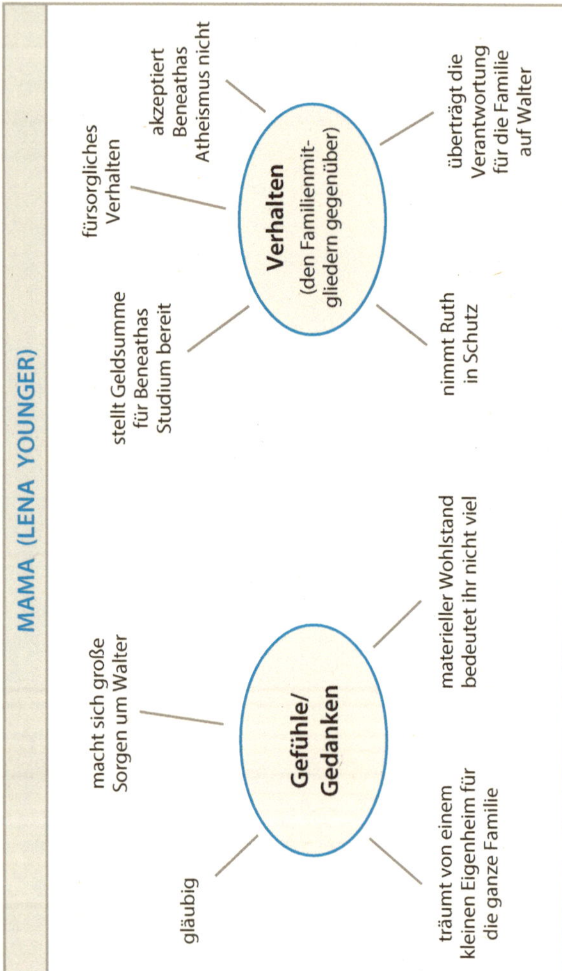

Abb. 2: Charakterisierung Mama (Lena Younger)

Dazu gehört, dass die kleine und schäbige Wohnung stets sauber zu halten ist.

Obwohl sich in der dunklen und heruntergekommenen Wohnung ohne Badezimmer nur ein einziges Fenster befindet, hält Mama auf der äußeren Fensterbank eine Pflanze am Leben. Diese Pflanze repräsentiert für sie den Traum von einem Garten und/oder einer Grünfläche vor dem eigenen Haus. Da Entbehrungen Teil ihres bisherigen Lebens waren, macht es ihr nichts aus, über lange Zeit hinweg nur diese Pflanze als Stellvertreter für ihren Traum zu haben. Beharrlich und mit viel Geduld verfolgt sie dennoch ihren Traum, der eigentlich der gemeinsame Traum von ihr und ihrem Ehemann war. Streng genommen ist es kein egoistischer Traum, denn im Prinzip hat sie eher das Wohlergehen ihrer Familie – insbesondere das ihres Enkels Travis – vor Augen. Materieller Wohlstand bedeutet ihr nicht viel, denn für sie ist Geld nur ein Mittel zum Zweck, um die eigenen Träume verwirklichen zu können.

■ Die Bedeutung der Grünpflanze

Lena Younger liegen alle Familienmitglieder am Herzen. Zu ihrer Schwiegertochter Ruth unterhält sie ein ehrliches und fürsorgliches Verhältnis. Sie stellt sich schützend vor diese, wenn Walter wieder einmal seine Frau vernachlässigt. Das Wohl Beneathas ist dem Familienoberhaupt auch sehr wichtig. Obgleich sie aufgrund ihres Alters und ihrer Sozialisation nicht

■ Das Wohlergehen ihrer Kinder

Entbehrung: privation | **Stellvertreter für:** symbol of | **beharrlich:** perseveringly (*adv.*) | **Wohlergehen:** well-being | **Mittel zum Zweck:** a means to an end | **fürsorglich:** caring

nachvollziehen kann, nach welchen Prinzipien ihre jüngste Tochter lebt, stellt sie doch eine erhebliche Summe für das Medizinstudium der jungen Frau zur Verfügung. Beneatha kann sich also der Unterstützung seitens ihrer traditionellen afroamerikanischen Mutter sicher sein.

Die Sorgen, die Mama wegen Walters persönlicher Krise hat, scheinen die gravierendsten zu sein. Sie kann nicht verhindern, dass ihr frustrierter Sohn den größten Fehler seines Lebens macht. Trotz dieser Gefahr überträgt sie die erhebliche Geldsumme und damit die Verantwortung auf ihn. Der Leser sollte hier nicht übersehen, dass sie dies erst tut, nachdem Walter sie beschuldigt hat, seinen größten Lebenstraum zerstört zu haben. Da ihr nichts heiliger als das Glück ihrer Kinder ist, entschließt sie sich zu dem Schritt.

Vertrauen in ihren Sohn

Ihre Entscheidung zeugt von großem Vertrauen, das sie in ihren Sohn hat: Er wird – auch wenn er dazu in der Vergangenheit nicht fähig war –, so denkt sie, sich reif genug erweisen, um als Familienoberhaupt zukünftig die richtigen Entscheidungen zu treffen.

Als afroamerikanische alternde Frauenfigur hat Lena Younger einen ganz spezifischen Status, der sich dem jugendlichen deutschen Leser nicht unmittelbar erschließen mag. Dennoch kann Lena eine fürsorgliche Omafigur repräsentieren, die jedem Jugendlichen auch im realen Familienleben begegnen kann.

etw. zur Verfügung stellen: to offer s.th. | **von großem Vertrauen zeugen:** display great trust

Beneatha

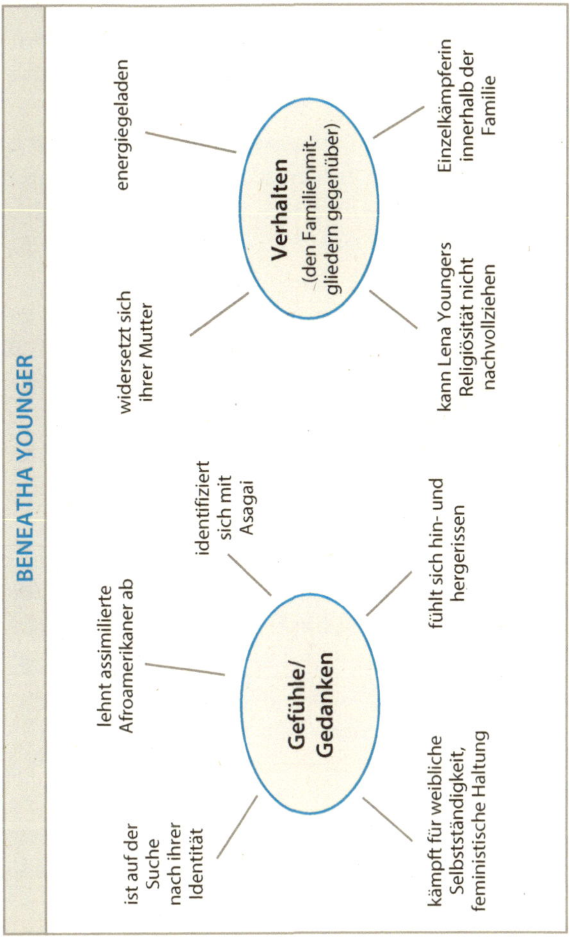

Abb. 3: Charakterisierung Beneatha Younger

Beneatha Younger ist eine circa 20-jährige intelligente afroamerikanische Frau, die mit ihrer Mutter, ihrem Bruder, deren Frau und dessen Sohn in einer heruntergekommenen Wohnung in der Southside von Chicago lebt.

Identifikationsfigur für den Leser

Aufgrund ihres Alters sowie ihrer energischen Art, mit der sie nach ihrer Identität sucht, kann man sich als jugendliche Leserin sehr gut mit Beneatha identifizieren. Die aufgeweckte College-Studentin muss für ihre Ziele und Ambitionen alleine kämpfen, da sie durch ihre Bildung von den restlichen Familienmitgliedern entfremdet ist. Ihre Suche nach Identität und Selbstbestimmung stößt auf taube Ohren bei den beiden anderen Frauen der Familie. Beneatha ist zwar altersmäßig von Ruth nicht sehr weit entfernt, aber ihre Perspektiven könnten nicht unterschiedlicher sein.

Ihrer Zeit voraus

Was die ethnische Zugehörigkeit anbelangt, so repräsentiert Beneatha eine Art Galionsfigur, die ihrer Zeit mit ihren persönlichen und beruflichen Ambitionen voraus ist. Sie kämpft für weibliche Selbstständigkeit und einen seriösen beruflichen Status für afroamerikanische Frauen.

Die Figur der jungen Frau ist von Lorraine Hansberry trotz allem nicht eindimensional angelegt. Ihre Suche nach Identität gestaltet sich nicht zuletzt deshalb so schwierig, weil sie zwischen ihren traditionellen afrikanischen Wurzeln und der Ablehnung des ei-

Selbstbestimmung: self-determination | **Galionsfigur:** figurehead

gentlich Afrikanischen hin- und hergerissen ist. Dieser Konflikt zeigt sich, als sie ihr geglättetes Haar abschneiden lässt und ihre natürlichen typisch afrikanischen Locken nun nicht mehr glättet.

Beneatha am Scheideweg

So scheint es auch kein Zufall, dass sie mit zwei sehr unterschiedlichen schwarzen Männern ausgeht. Die meisten schwarzen Frauen der Fünfzigerjahre hätten wohl George Murchison nicht zurückgewiesen, da er ihnen ein Leben in Wohlstand garantieren könnte. Beneatha bleibt ihrem Charakter treu und lehnt die oberflächliche Art des assimilierten Afroamerikaners ab. Dies bedeutet letzten Endes, dass sie sich mit Joseph Asagai weitaus stärker identifiziert. Ob sie Asagai liebt, sei dahingestellt, aber sie findet in ihm einen Seelenverwandten: Beide sind daran interessiert, ihre afrikanischen Wurzeln zu erforschen.

Asagai ist die Figur im Theaterstück, von der sich Beneatha am stärksten beeinflussen lässt. Als er ihr gegen Ende des Stücks klarmacht, wie abhängig sie im Prinzip ist, da sie zur Verwirklichung ihrer Pläne auf das Geld der Versicherung angewiesen ist, nimmt sie eine etwas veränderte Perspektive ein. Sie identifiziert sich mit Asagais Träumen und wird möglicherweise sein Angebot annehmen, mit ihm nach Nigeria zu reisen, um ihre afrikanischen Wurzeln zu erkunden. Es sollte nicht unerwähnt bleiben, dass diese

Asagais Einfluss auf Beneatha

zwischen etw. hin- und hergerissen sein: to be torn between s.th. | **seinem Charakter treu bleiben:** to stay true to oneself | **dahingestellt sein:** to be left open | **Seelenverwandter:** soulmate

mögliche Einwilligung Beneathas und in der Folge auch eine positive Reaktion auf einen Heiratsantrag des jungen Mannes einen Rückschritt in Hinblick auf die feministische Haltung Beneathas zu Beginn des Stückes bedeutet.

Ruth Younger

Ruth ist Walters Frau und die Mutter des kleinen Travis. Sie hält zusammen mit ihrer Schwiegermutter die kleine Wohnung sauber und kümmert sich um den Sohn. Sie ist circa dreißig Jahre alt, obwohl sie die ständigen häuslichen Streitigkeiten mit ihrem Ehemann Walter oft älter wirken lassen. Sie ist im zweiten Monat schwanger.

Nebenfigur in der Handlung

Obwohl sie die Ehefrau des Protagonisten ist, hat Lorraine Hansberry sie nicht als seine gleichwertige Partnerin dargestellt. Ruth ist eher stiller und duldsamer Natur, so dass sie von sich aus nicht die Initiative für Veränderungen ergreift. Als ihr wohl ein Arzt mitteilt, dass sie ein zweites Kind erwartet, trägt sie sich mit dem Gedanken, eine Abtreibung vornehmen zu lassen. Es ist die Gewissheit, dass sie nicht imstande wären, ein zweites Kind zu ernähren und adäquat aufzuziehen, die sie in ihrer Verzweiflung an Abtreibung denken lässt. In den Fünfzigerjahren stand Abtreibung noch unter Strafe, was die Entschlossenheit

Heiratsantrag: proposal of marriage | **Rückschritt:** step backwards | **gleichwertig:** equal | **duldsam:** patient

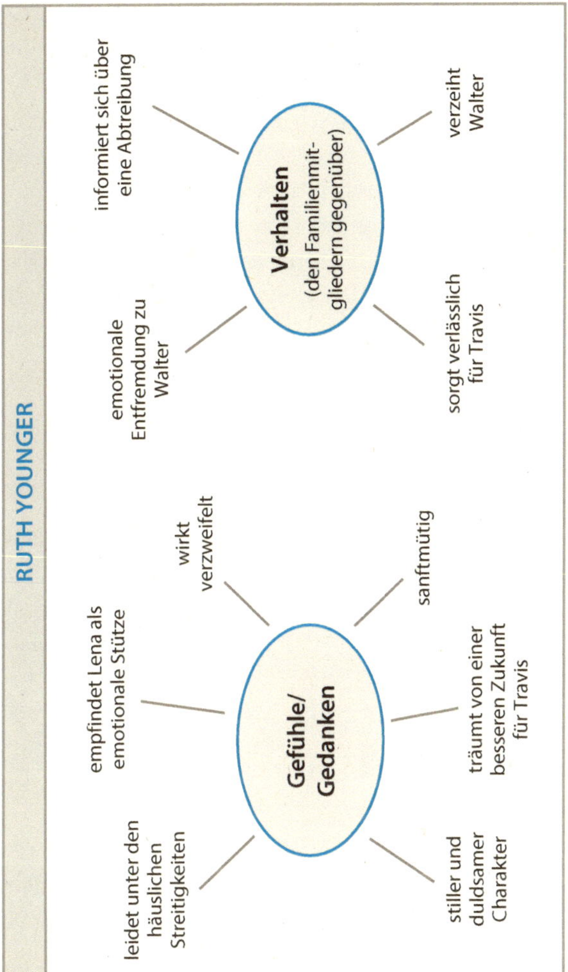

Abb. 4: Charakterisierung Ruth Younger

der sonst so sanftmütigen Frau in dieser Notlage unterstreicht.

Einerseits ist Ruth keine Frau, die Veränderungen bewirkt, andererseits scheint sie dennoch über eine nicht unerhebliche menschliche Stärke zu verfügen. Trotz der konstanten finanziellen Probleme und der emotionalen Entfremdung von Walter ist sie für den kleinen Travis eine verlässliche Mutterfigur.

■ Ruths Träume

In Analogie zu den anderen Familienmitgliedern hegt sie natürlich auch ihren ganz persönlichen Traum: ein eigenes Haus in einer besseren Wohngegend insbesondere für ihren Sohn Travis. Auch in dieser Hinsicht hat Hansberry Ruth Younger nicht unbedingt mit einer individuellen Note versehen, denn ihr Traum deckt sich mit Mamas Traum.

Lena Younger stellt für Ruth ohnehin die einzige emotionale Stütze und Bezugsperson in ihrem Leben dar. Aus ihren Äußerungen schließt der Leser, dass sie Walter liebt und auch hinter ihm steht, das heißt, dass sie ihm verzeiht, wenn er wieder einmal verbal unfair und aggressiv ihr gegenüber wird.

Travis Younger

Travis – der Sohn von Walter und Ruth Younger – ist ein lieber Junge im Grundschulalter. Er muss auf dem Sofa im Wohnzimmer schlafen, da die Wohnung zu

sanftmütig: meek | **verlässlich:** reliable | **emotionale Stütze:** emotional support | **Bezugsperson:** person to turn to

klein für ein eigenes Zimmer für ihn ist. Er hat eine enge Beziehung zu seiner Großmutter Lena Younger.

Joseph Asagai

Joseph ist ein Student mit nigerianischen Wurzeln. Er hat sich in Beneatha verliebt und hofft, mit ihr nach Nigeria zurückzukehren, um mit ihr dort seine afrikanischen Wurzeln zu erkunden. Gegen Ende des Stückes macht er Beneatha einen Heiratsantrag.

Joseph ist dem zweiten Verehrer Beneathas (George Murchison) diametral entgegengesetzt, da er sich nie aus materiellen Gründen in die weiße amerikanische Gesellschaft kritiklos assimilieren würde.

■ Gegensatz zu George und Katalysator

Joseph meint es ernst in seiner Beziehung zu Beneatha, auch wenn er sie häufiger kritisiert. Diese Kritik wiederum stellt für die junge Frau stets eine Art Katalysator oder Impuls für Veränderungen dar. Joseph möchte Beneatha in ihrer Suche nach der eigenen Identität helfen.

Joseph ist durchaus ein Sympathieträger, da er seriös, intelligent und authentisch wirkt. In intellektueller Hinsicht hat er in Beneatha eine gleichwertige Partnerin gefunden.

diametral entgegengesetzt: diametrically (*adv.*) opposed | **Katalysator:** catalyst

George Murchison

George ist Beneathas zweiter Verehrer. Er hat arrogante Wesenszüge, die ihn nicht sympathisch erscheinen lassen. Beneatha bezeichnet ihn als oberflächlich und lehnt ihn daher ab.

Georges eindeutiges Ziel ist es, in die amerikanische weiße Mittelschicht aufzusteigen und sich dort zu assimilieren. Er verfügt bereits über gute finanzielle Mittel, so dass ihm dies gelingen könnte. Er zeigt sich außerstande, Beneathas Suche nach ihrer Identität nachzuempfinden, was ihn als gleichwertigen Partner der jungen Frau *per se* disqualifiziert.

Karl Lindner

Mr Lindner besucht die Familie Younger am Ende des Stückes, um sie mit Geld dazu zu bewegen, nicht in die ausschließlich weiße Nachbarschaft von Clybourne Park zu ziehen.

Trotz seines kurzen Auftrittes in dem Stück ist er eindeutig Philister und Rassist, der die Interessen seines von Arbeitern bewohnten Viertels vertritt.

Er ist die einzige weiße Figur in *A Raisin in the Sun*.

etw. nachempfinden: to have an understanding for s.th. | **Philister:** philistine, narrow-minded person

Bobo

Ist Walters Freund und Partner in dem Projekt Schnapsladen. Auch er wurde von Willy Harris um eine gewisse Summe Geld betrogen.

Mrs Johnson

Sie wohnt in der Nachbarschaft der Youngers. Gegen Ende des Stückes stattet sie der Familie einen Besuch ab, um in sehr unsensibler Art und Weise von einer schwarzen Familie zu erzählen, die aus einer weißen Wohngegend wieder verjagt wurde. Da sie dies mit viel Freude tut, ist Neid ihrerseits den Youngers gegenüber nicht ausgeschlossen.

unsensibel: insensitive

4. Form und literarische Technik

Gattung

Das im Jahr 1959 veröffentlichte Theaterstück *A Raisin in the Sun* wird dem Genre »realist drama« oder »Negro drama« zugeordnet. Die weitere Bezeichnung »psychological drama« ist gleichermaßen zutreffend.

Realismus des Theaterstückes

Der Realismus von Hansberrys Werk liegt im Lokalkolorit, das mit dem *setting* (Southside von Chicago, eine für die damalige Zeit typische bescheidene Wohnung von Afroamerikanern) und der Sprache der Charaktere (*Black English*) sehr treffend wiedergegeben wird. Die Formelemente des Werkes sind ein realistisches Bühnenbild, die Chronologie in der Akt- und Szenenfolge, die Repräsentation von alltäglichen Situationen sowie die Verwendung von umgangssprachlichem Stil. Damit reiht sich das Stück in das Genre des klassisch-modernen Theaters ein. In gattungsspezifischer Hinsicht zeigt sich Lorraine Hansberry nicht als Visionärin, denn die gerade beschriebenen Charakteristika sind typisch für die britisch-amerikanischen Dramen der Zeit nach dem Zweiten Weltkrieg. Weiterhin respektiert die Autorin die Konvention von Ort, Zeit und Handlung: Die gesamte Handlung findet an demselben Schauplatz statt, sie erstreckt sich auf nur wenige Wochen und

zutreffend: to be correct | **Lokalkolorit:** local colour | **Bühnenbild:** stage design | **gattungsspezifisch:** typical of a certain genre stellt eine in sich geschlossene Abfolge von Vorkommnissen dar.

Der Begriff ›Negro drama‹ ist selbsterklärend, denn die Protagonisten des Stückes haben dunkle Hautfarbe und die Autorin ist selbst auch Afroamerikanerin.

Die psychologische Komponente von *A Raisin in the Sun* ist in der nach außen gekehrten Darstellung des Innenlebens der Charaktere zu sehen, die mit ihren Wünschen und Hoffnungen in Krisenzeiten für den Leser lebendig werden.

Darstellung des Innenlebens der Charaktere

Es versteht sich weiterhin von selbst, dass das Stück auch mit dem Adjektiv »social« bezeichnet werden könnte. So schreibt Martin Luther King, Jr. über Lorraine Hansberry:

> »Her commitment of spirit … her creative literary ability and her profound grasp of the deep social issues confronting the world today will remain an inspiration to generations yet unborn.«[1]

Aufbau

Die Skizze auf der folgenden Seite gibt die Struktur des Theaterstückes grafisch wieder:

selbsterklärend: self-explanatory | **nach außen gekehrte Darstellung des Innenlebens:** emotions of a character made visible on stage

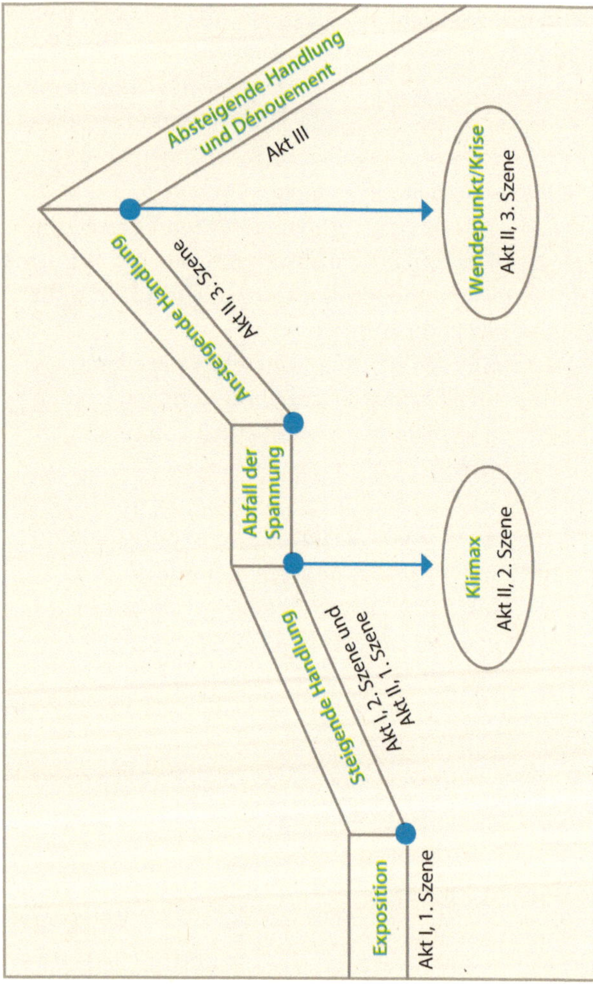

Abb. 5: Struktur des Theaterstückes

Die inhaltliche Zuordnung dazu stellt sich wie folgt dar:

Exposition: Ruth und Walter sprechen über ihr unglückliches Leben; es wird immer wieder ein Scheck thematisiert, den Walter für sein Projekt Schnapsladen vorgesehen hat; Beneatha hat den Berufswunsch Ärztin; Mama hat vor, ein Haus für die Familie zu erwerben und ist durch die Entfremdung zwischen ihr und ihren erwachsenen Kindern beunruhigt.

Steigende Handlung: Asagai kommt zu Besuch; Ruth kehrt von ihrem Arztbesuch zurück und weiß nun, dass sie ein zweites Kind erwartet; der langersehnte Scheck wird zugestellt; Mama stellt ihrem Sohn gegenüber klar, dass sie ihr Geld unter keinen Umständen in einen Schnapsladen investieren möchte.

Klimax und Abfall der Spannung: Walter ist von einer Kündigung bedroht, da er seit Tagen nicht mehr an seinem Arbeitsplatz erschienen ist. Hauptfokus der Klimax ist folgende Situation: Mama händigt Walter eine große Geldsumme aus, damit er nun als Familienoberhaupt darüber verfügen kann.

Ansteigende Handlung und Wendepunkt/Krise: Der Tag des Umzugs der Familie Younger ist ge-

steigende Handlung: rising action | **Abfall der Spannung:** falling of tension | **Kündigung:** dismissal | **Wendepunkt:** turning point

kommen; Mr Lindner erscheint, um der Familie mitzuteilen, dass sie in Clybourne Park aufgrund ihrer Hautfarbe nicht erwünscht ist; Bobo kommt zu den Youngers: Willy Harris ist mit dem ihm anvertrauten Geld verschwunden; Walter gibt zu, dass er auch das Geld für Beneathas Studium in das Projekt Schnapsladen investiert hat; die gesamte Familie steht unter Schock.

Absteigende Handlung und Dénouement: Beneatha und Walter ziehen sich deprimiert in ihre Zimmer zurück; Asagai kommt zu Besuch, um Beneatha vorzuschlagen, ihn nach Nigeria zu begleiten, um nach ihren Wurzeln zu suchen. Walter kontaktiert Mr Lindner, um ihm nun doch das Haus in Clybourne Park zu verkaufen. Als Lindner kommt, teilt ihm Walter jedoch mit, dass die Familie Younger ihren Stolz habe und entschlossen sei, in das Haus in Clybourne Park einzuziehen.

Sprache und Stil

Die sprachliche Wirkung von *A Raisin in the Sun* auf den Leser bzw. Zuschauer begründet sich in ihrer überzeugenden Authentizität.

■ Authentizität der Sprache

Die Äußerungen der Figuren wirken sehr natürlich und lebendig, da sie sowohl den emotionalen als auch den sozialen Status der Personen reflektieren. Als Vertreter der afroamerikanischen Arbeiterklasse sprechen sie kein *Standard American English*, sondern das sogenannte *Black English*. Diese Sprachvariante des Amerikanischen weist markante Besonderheiten auf, insbesondere hinsichtlich der Syntax und der Verbformen. Linguisten gehen davon aus, dass es sich dabei um eine dialektale Variante der englischen Sprache (*Black Vernacular English*) handelt, die ihren eigenen Grammatikregeln folgt. Es ist einer der vielen amerikanischen sogenannten Soziolekte. Die Aussprache ist dem Südstaatenenglisch sehr nahe. Die grammatikalischen Besonderheiten sind u. a. etwa Folgende:

- Doppelte oder mehrfache Verneinung (*We ain't never thought … = We have never thought.*)
- Das -s der dritten Person Singular entfällt: (*… what teacher say = … what the teacher says*).
- Das Hilfsverb *be* wird vom Sprecher oft ausgelassen: (*You such a nice girl = You are such a nice girl*).
- Es werden die falschen Pronomen verwendet: *them* anstatt *these, those; hisself* anstatt *himself; they* anstatt *their.*
- Es wird *Ain't* anstatt *am not, is not, have/has got* verwendet: *We ain't finished packing yet. = We have not finished packing yet.*
- Hilfsverben werden häufig ausgelassen: *I be down directly. = I will be down directly.*
- Das *past participle* der starken Verben wird benutzt, um das *simple past* auszudrücken: *I seen* anstatt *I saw.*

Sprachvariante: dialect | **markante Besonderheiten:** striking special features | **Soziolekt:** sociolect

Es versteht sich von selbst, dass die Sprecher des *Black English* im Alltagsleben mit der Verwendung desselben ihren unteren sozialen Status *ad hoc* preisgaben.

Sprachvarianten der Figuren

Auf *A Raisin in the Sun* übertragen bedeutet dies, dass etwa Beneatha Younger aufgrund ihrer höheren Bildung im Vergleich zu den restlichen Familienmitgliedern eher *Standard American English* spricht. Auch ihr Verehrer George Murchison spricht das amerikanische Englisch der Weißen, was seine Bemühungen um Assimilation betont.

Asagai wiederum wird als Vertreter der gebildeten Afrikaner mit einem elaborierten Wortschatz ausgestattet und beherrscht Englisch als Zweitsprache perfekt.

Die Verwendung von Symbolen

Lorraine Hansberry setzt Symbole in ihrem Stück nur spärlich ein, dafür aber umso eindringlicher.

Mamas Topfpflanze

Mamas Pflanze ist das offensichtlichste Symbol des Stückes. Das Gewächs steht nicht nur für Lenas Traum einer besseren Zukunft, sondern auch für die Fürsorge, die sie ihrer gesamten Familie zuteil werden lassen möchte. Doch es ist eine traurige Wahrheit, dass trotz ihrer Bemühungen weder die Topfpflanze noch ihre Kinder das bekommen, was sie für eine gesunde Entwicklung benötigen. Mama zeigt

etw. preisgeben: to show s.th. | **Bemühung:** effort | **elaboriert:** elaborated | **eindringlich:** powerful | **zuteil werden lassen:** to involve s.o. else

sich dennoch sehr stolz darüber, dass die Pflanze trotz Mangel an Tageslicht und Sonne unter ihrer Obhut gedeiht. Die Pflanze steht stellvertretend für Lenas Wunsch nach einem Garten und ist sozusagen ein Platzhalter bis zur Erfüllung des eigentlichen Wunsches.

Zu Beginn des Stückes erfährt der Leser/Zuschauer, dass Beneatha ihr Haar geglättet hat und damit ihre afrikanischen Wurzeln kaschiert bzw. verleugnet. Nachdem ihr Verehrer Joseph Asagai sie darauf hinweist, dass er ihre Frisur für unnatürlich hält, trägt Beneatha kurzes Haar mit ihren natürlichen Locken. Die neue Frisur symbolisiert den Widerstand der jungen Frau gegen Assimilation, denn sie steht nun zu ihrer Identität und ihren biologischen Wurzeln.

Beneathas Haar

Obgleich weder der Leser noch die Charaktere selbst – mit der Ausnahme von Mama – eine konkrete Vorstellung von dem Eigenheim in Clybourne Park haben, ist es während des gesamten Stückes omnipräsent. Das Haus symbolisiert die große Hoffnung auf einen materiellen und zwischenmenschlichen Neuanfang für die Familie Younger. Es steht für mehr Lebensqualität und eine größere familiäre Zufriedenheit.

Das Haus in Clybourne Park

Am Ende des Stückes bleibt offen, ob dieses Symbol hält, was es verspricht.

Obhut: care | **Platzhalter:** stand-in | **etw. kaschieren:** to conceal s.th. | **omnipräsent:** omnipresent

5. Quellen und Kontexte: Soziale, literarische und politische Einflüsse

■ Soziolekt als Charakterisierungsmerkmal

Bereits im jungen Alter von sieben Jahren galt Hansberrys Aufmerksamkeit dem Slang der benachteiligten Kinder in ihrer Wohngegend in Chicago. Der Soziolekt dieser Gesellschaftsgruppe sollte noch eine wesentliche Rolle spielen, so wurde er ein Instrument, um die Figuren in *A Raisin in the Sun* zu charakterisieren.

■ Schmerzliche Kindheitserlebnisse als Inspiration

Eine weitere Gegebenheit aus Hansberrys Kindheit ist sehr aufschlussreich, da sie für die Stimmung in der Gesellschaft Ende der Dreißigerjahre bezeichnend war und in der Handlung des Theaterstückes ihren deutlichen Niederschlag findet: Hansberrys Vater erwarb ein Haus in einer rein weißen Wohngegend, als die Autorin sieben Jahre alt war. Die Folge war, dass die Familie bedroht wurde, etwa indem die weißen Nachbarn ihr Haus belagerten. Diese Erfahrung schildert die erwachsene Afroamerikanerin in einem Brief an die *New York Times*:

> »[…] in a hellishly hostile ›white neighbourhood‹ in which, literally, howling mobs surrounded our house. One of their missiles almost took the life of the then eight-year-old signer of this letter. My memories of this ›correct‹ way of fighting white supremacy in America include being spat at, cursed and pummelled in the daily trek to and from school.«[2]

aufschlussreich: revealing

Carl Hansberry, Lorraines Vater, hatte sich aufgrund dieser Situation zum Ziel gesetzt, vor Gericht eine Grundsatzentscheidung zu erwirken, die jedem Bürger der USA das Recht gewähren sollte, seinen Wohnsitz frei zu wählen. 1940 gewann Lorraines Vater diesen Prozess vor dem *Supreme Court*. Er erzielte damit einen Meilenstein für die Bürgerrechte der schwarzen Bevölkerung der Vereinigten Staaten von Amerika. Trotz des juristischen Erfolges änderte sich dennoch im Alltag kaum etwas an den bedauernswerten Lebensumständen der Afroamerikaner. Der kraftzehrende politische Kampf des Vaters gegen Rassismus könnte bei Lorraine Hansberry dazu geführt haben, den schriftstellerischen Weg einzuschlagen, um durch ihr literarisches Schaffen auf die gleichen Missstände hinzuweisen.

■ Erwirken einer Grundsatzentscheidung

Eine entscheidende Inspiration liefern die Schriftsteller und Künstler, mit denen Hansberry zeitlebens auf privater Ebene Kontakt pflegte. Insbesondere sollte ihre Zeit in New York Anfang der Fünfzigerjahre in Harlem prägende Weichen stellen. Langston Hughes, einer der einflussreichsten literarischen Vertreter der *Harlem Renaissance* zählte zu ihrem Freundeskreis. So erklärt sich auch, weshalb sich Hansberry entschloss, das von ihm verfasste Gedicht *Harlem* wie einen Prolog ihrem Theaterstück voranzustellen. Das Gedicht gibt das Motto von *A Raisin in the Sun*

■ Der Einfluss der *Harlem Renaissance*

Grundsatzentscheidung: ruling | **bedauernswert:** deplorable | **kraftzehrend:** demanding | **prägende Weichen stellen:** set the course for | **Prolog:** prologue

vor und füllt gleichzeitig Langston Hughes' metaphorische Sprache mit konkret fassbarem Leben. Es folgte die nachvollziehbare Konsequenz, den Titel des Werkes dem dritten Vers des Gedichtes zu entlehnen.

A Raisin in the Sun wurde im Zeitraum zwischen 1950 und 1958 geschrieben. Es wurde zunächst in New Haven, Chicago und Philadelphia aufgeführt.

■ *A Raisin in the Sun* entsteht

Aus dieser Zeit stammt ein Brief Hansberrys an ihre Mutter:

> »Mama, it is a play that tells the truth about people, Negroes and life and I think it will help a lot of people to understand how we are just as complicated as they are [...] that we have among our miserable and downtrodden ranks – people who are the very essence of human dignity. That is what, after all the laughter and tears, the play is supposed to say.«[3]

Die damals noch relativ unerfahrene Schriftstellerin machte mit *A Raisin in the Sun* ein zeitloses und universelles Statement:

> Menschliche Würde ist unabhängig vom sozialen und ethnischen Stand eines Individuums.

Dieses Statement speist sich wiederum aus den konkreten Lebenserfahrungen der Afroamerikanerin.

A Raisin in the Sun stellt keine historischen Ereignisse im engsten Sinn dar. Dennoch spiegelt die

Handlung des Stückes die Ausprägungen der historischen Verhältnisse im Amerika in der Mitte des 20. Jahrhunderts wider.

Das Engagement für die Rechte der schwarzen Bevölkerung war von Anfang an Teil des privaten und literarischen Lebens der Autorin. So wurde ihr Schaffen von der Erfahrung beeinflusst, dass sich ihr Vater als Mitglied der *NAACP* (*National Association for the Advancement of Colored People*) aktiv gegen Rassentrennung (Segregation) einsetzte. Segregation war damals noch integraler Bestandteil des täglichen Lebens in Form von streng voneinander getrennten weißen und schwarzen Wohnbezirken (Ghettoisierung). Die Darstellung der Wohnverhältnisse der Familie Younger kann als literarische Aufarbeitung dieser Gegebenheiten gelten.

NAACP

Ausprägung: form | **integraler Bestandteil:** integral part | **Ghettoisierung:** ghettoization

6. Interpretationsansätze

Die Bedeutung von Träumen für das Individuum

In *A Raisin in the Sun* dreht sich alles um Lebensträume, die innerhalb einer einzigen Familie von nur vier erwachsenen Mitgliedern nicht unterschiedlicher sein könnten. Mama, Walter, Beneatha und Ruth müssen tagtäglich gegen die sie unterdrückenden Lebensumstände kämpfen, um ihre Träume nicht aus den Augen zu verlieren. Was passiert aber mit einem Lebenstraum, der in Vergessenheit gerät oder auf eine unbestimmte Zukunft verschoben wird?

Die bekannteste und poetischste Antwort darauf hat der Afroamerikaner Langston Hughes (1902–1967) in seinem Gedicht *Harlem* (1951) gegeben, das Hansberry ihrem Theaterstück voranstellt (S. 45):

»What happens to a dream deferred?
Does it dry up
Like a raisin in the sun?
Or fester like a sore –
And then run?
Does it stink like rotten meat?
Or crust and sugar over –
Like a syrupy sweet?

unterdrückende Lebensumstände: oppressing circumstances

Maybe it just sags
Like a heavy load.

Or does it explode?«

Der Dichter Langston Hughes stellt insgesamt sechs Vergleiche an, um zu beschreiben, was mit einem in Vergessenheit geratenen Lebenstraum passieren könnte.

So könnte ein aufgeschobener Lebenstraum

Eine vertrocknete Rosine und eine unversorgte Wunde

- sich von einer gesunden Traube in eine leb- und saftlose Rosine verwandeln;
- wie eine nicht versorgte Wunde eitern und sich schließlich entzünden;
- aufgrund der nicht ergriffenen Chancen sich wie verdorbenes Fleisch mit einem unerträglichen Gestank umgeben;
- sich von seinem Ursprung mithilfe von kleineren oberflächlichen Gratifikationen ablenken lassen;
- sich unter der Oberfläche absetzen, aber dennoch – oder gerade deshalb – die Menschen emotional stark belasten;
- sich in Form von unerwarteten und heftigen Ausbrüchen (etwa sozialen Unruhen etc.) explosionsartig wieder Zugang zur Oberfläche verschaffen.

Die Youngers setzen ganz konkret – und gleichzeitig stellvertretend für alle anderen unterprivilegierten Afroamerikaner Mitte des 20. Jahrhunderts – um, was in dem Gedicht als Befürchtung sehr metaphorisch formuliert wurde.

So führen uns die Protagonisten vor, wie Menschen reagieren können, wenn sie aufgrund von sozialen, politischen und/oder gesellschaftlichen Bedingungen daran gehindert werden, ihre persönlichen Lebensentwürfe zu realisieren.

■ Persönliche Lebensentwürfe

Lena Younger träumt davon, ein eigenes Zuhause mit einem Garten und einem Hof zu besitzen, auch für ihren Enkel. Wenn man genauer hinschaut, so ist der Traum der lebenserfahrenen Frau nicht materieller Natur, sondern gekoppelt an die Überzeugung, dass ihre Kinder und ihr Enkel Sonnenlicht und mehr Bewegungsfreiheit brauchen, um ein glücklicheres Leben führen zu können. Ihr Traum ist sehr selbstlos, was sich auch in der folgenden Äußerung von ihr zeigt: »I 'spec if it wasn't for you all … I would just put that money away or give it to the church or something« (S. 108).

■ Lebensglück wird nicht mit Geld assoziiert

Die Tatsache, dass Lena Younger Glück nicht automatisch mit Geld assoziiert, zeigt sich weiterhin in dem Zwiegespräch, das sie am Ende des ersten Aktes mit ihrem Sohn Walter führt:

> »MAMA. Son – how come you talk so much 'bout money?

Befürchtung: fear | **Lebensentwurf:** aim in life | **an etw. gekoppelt sein:** to be connected to s.th. | **selbstlos:** altruistic | **mit etw. assoziiert sein**: to be associated with s.th.

WALTER (*with immense passion*). Because it is life, Mama!

MAMA (*quietly*). Oh – (*Very quietly*.) So now it's life. Money is life. Once upon a time freedom used to be life – now it's money.« (S. 113)

Die Lebensversicherung von 10 000 Dollar bedeutet für sie nur deshalb so viel, weil sie damit den Lebenstraum erfüllen kann, den sie gemeinsam mit ihrem Mann hatte. Sie hat in diesem Zusammenhang nicht vergessen, dass ihr verstorbener Ehemann für diese Summe Geld sehr hart gearbeitet hat.

Walter Lees Lebensentwurf und dessen Umsetzung gestalten sich schwieriger als bei Mama. Sein Lebenstraum besteht darin, einen Schnapsladen zusammen mit einem Freund zu erwerben und auf diese Weise zu finanziellem Wohlstand zu gelangen. So schwärmt er seinem Sohn von dem Leben vor, das er führen wird, wenn er als Besitzer eines Schnapsladens, also als Unternehmer, den Durchbruch geschafft hat:

■ Soziale Anerkennung durch materiellen Erfolg

»WALTER. […] but your daddy's gonna make a transaction … a business transaction that's going to change our lives … […] And I'll pull the car up on the driveway … just a plain black Chrysler, I think with white walls – no – black tyres. More elegant. […]. And I'll come up the steps to the

den Durchbruch schaffen: to make it

> house and the gardener will be clipping away at the hedges […] and I hand you the world!« (S. 158 f.)

Walter ist zu vulnerabel, d. h. zu verletzlich, in seinem sprunghaften und leicht erhitzbaren Wesen, um die großen gesellschaftlichen Hürden der damaligen Zeit zu überwinden; das heißt: Seine Träumereien sind unrealistisch und daher zum Scheitern verurteilt.

Walters Sensibilität und Vulnerabilität

Auch wenn Walters Zukunftsvisionen keine Zustimmung beim Leser finden, so ist sein Ehrgeiz bzw. sein brennender Wunsch, ein bestimmtes Ziel zu erreichen, nachvollziehbar. Der Lebenstraum des Protagonisten hat seinen Ursprung in den von ihm sensibel wahrgenommenen sozialen Unterschieden zwischen der weißen und schwarzen Bevölkerung:

> »WALTER. […] I got to change my life, I'm choking to death, baby! […] This morning, I was lookin' in the mirror and thinking about it … I'm thirty-five years old; I been married eleven years and I got a boy who sleeps in the living room (*very, very quietly*) and all I got to give him is stories about how rich white people live … « (S. 62 f.)

Auch wenn sich Walters Verzweiflung stets in Temperaments- bzw. Wutausbrüchen äußert, so ist sein

vulnerabel: vulnerable | **sprunghaft:** erratic | **leicht erhitzbar:** irritable | **Wutausbruch:** fit of anger

Unmut über den Mangel an sozialer Mobilität plausibel. Der sensible Protagonist assoziiert finanziellen Wohlstand mit einer größeren Akzeptanz bei den weißen amerikanischen Mitbürgern. Er weigert sich, sich mit dem schlecht bezahlten und untergeordneten Beruf des Fahrers für einen weißen Reichen zufriedenzugeben. Würde Walter seinen Lebensentwurf aus einer rationaleren Perspektive betrachten, so würde er die Bedeutung von Bildung in Zusammenhang mit »upward mobility« erkennen. Auch eine höhere Bildung hätte ihm zu größerem finanziellen Wohlstand verhelfen können. Unglücklicherweise ist ihm dieser Weg auch verschlossen.

Die jüngere Schwester des Protagonisten, Beneatha Younger, hat die Schulbildung, die Walter fehlt. Sie vertritt ihre ganz persönliche Vorstellung vom Lebensglück auf energische Art und Weise:

■ Selbstverwirklichung durch einen akademischen Beruf

> »BENEATHA. [...] I'm going to be a doctor. I'm not worried about who I'm going to marry yet – if I ever get married. [...] ... but first I'm going to be a doctor [...]. I am going to be a doctor and everybody around here better understand that!« (S. 83 f.)

Beneathas Lebenstraum besteht in dem – für damalige Verhältnisse sehr fortschrittlichen – Ziel, ein emanzipiertes und selbstbestimmtes Leben zu füh-

untergeordnet: subordinated

ren. Ihr Ansinnen war in den Fünfzigerjahren des 20. Jahrhunderts sehr feministisch, denn Beneathas Lebensentwurf sieht nicht notwendigerweise einen Mann als Ernährer vor.

Da die junge intelligente Frau über ein großes Durchsetzungsvermögen verfügt und die finanzielle Seite ihres Medizinstudiums über einen Teil der Versicherungssumme abgedeckt werden kann, scheint ihrem Lebenstraum kaum etwas im Wege zu stehen.

Das Hindernis auf dem Weg zu ihrer Selbstverwirklichung zeigt sich ironischerweise in der Gestalt ihres Bruders. Als traditioneller afroamerikanischer Chauvinist kann Walter nicht akzeptieren, dass seine Schwester eine akademische Laufbahn vor Augen hat:

■ Walter als Beneathas Antagonist

»WALTER. Who the hell told you you had to be a doctor? If you so crazy 'bout messing 'round with sick people – then go be a nurse like other women – or just get married and be quiet…« (S. 68)

Auch wenn Beneatha ihre Lebensziele klar im Fokus hat, ist sie in eine traditionelle afroamerikanische Familie eingebettet, in der sie eine Außenseiterin aufgrund ihrer Bildung geworden ist.

■ Beneathas zweites Lebensziel

Beneatha hat noch ein zweites Lebensziel: Sie hat sich vorgenommen, die Vertreter der afrikanischen

Ansinnen: plan, intention | **Durchsetzungsvermögen:** power to assert oneself | **Hindernis:** obstacle

Bevölkerung von ihrer Unwissenheit zu befreien. Dieses eher politische Ziel wird von ihr immer wieder angedeutet, bleibt jedoch bis zum Ende des Stückes unklar in seiner Umsetzung. Es ergibt sich für Beneatha dennoch ein neues Lebensziel im Verlauf der Handlung, und zwar über ihre Beziehung zu Joseph Asagai. So überlegt sie ernsthaft am Ende des Stückes, ob sie mit Asagai nach Afrika fahren soll, um dort ihre echten Wurzeln zu erkunden. Sollte sie sich für diese Option entscheiden, so wäre sie damit ihrer mehrfach erwähnten Suche nach Identität sehr nah.

Die vierte Erwachsene im Haushalt Younger ist Walters Frau Ruth. Da sie trotz ihres noch relativ jungen Alters bereits viele Enttäuschungen und Entbehrungen hinter sich hat, greift sie nicht nach den Sternen: Sie wünscht sich sehr, dass sie ihrem Sohn ein größeres und besseres Zuhause bieten kann. Ihr Traum rückt damit in die Nähe von Mamas Traum von einem Eigenheim. Ruth muss ihren Traum zwangsläufig aufschieben, da sie wegen der finanziellen Situation über Jahre hinweg mit ihrer Familie in der beengten Wohnung leben muss. In dieser Hinsicht handelt es sich um »a dream deferred«.

■ Ruths bescheidener Traum

Mit dem Kauf eines Eigenheims verbindet die zurückhaltende Ruth auch die Hoffnung, ihre Schwierigkeiten in der Ehe mit Walter lösen zu können. Sie geht davon aus, dass Walter dann ausgeglichener und

■ Eine Lösung der Eheprobleme

nach den Sternen greifen: to reach for the stars | **zurückhaltend:** reserved | **ausgeglichen:** balanced

damit ein besserer Ehemann wäre. Das Haus würde zudem Druck von ihr nehmen, da nun ausreichend Platz für ihr zweites Kind vorhanden wäre.

Da Ruth eher ein passiver Charakter ist, ist sie außerstande, für ihre Träume zu kämpfen oder initiativ zu werden. Sie erträgt eher ihr Schicksal, als dass sie es proaktiv in die Hand nimmt. Diese Gegebenheit führt dazu, dass sie weitaus weniger als Beneatha als Identifikationsfigur angelegt ist.

Asagais idealistischer Lebensentwurf

Joseph Asagai ist ein nigerianischer Student, der seinen Studienaufenthalt im Ausland in Nordamerika verbringt. Da er in Hinblick auf seine Bildung sein Ziel erreicht hat und anscheinend keine materielle Not leidet, hat er aufgrund seines intellektuellen Status einen eher idealistischen Lebenstraum, den er Beneatha gegenüber am Ende des dritten Aktes so erklärt:

»ASAGAI (*shouting over her*). [...] In my village at home it is the exceptional man who can even read a newspaper ... or who ever *sees* a book at all. I will go home and much of what I will have to say will seem strange to the people of my village ... But I will teach and work and things will happen, slowly and swiftly. [...] But I will look about my village at the illiteracy and disease and ignorance and I will not wonder long. And perhaps ... perhaps I will be a great man ... I mean perhaps I will

Identifikationsfigur: character to identify with

hold on to the substance of truth and find my way always with the right course …« (S. 192)

Er hat vor, seine im Ausland erworbenen Kenntnisse den Menschen in seinem Mutterland bei seiner Rückkehr zuteil werden zu lassen. Sein oberstes Ziel scheint dabei die Verbesserung der Lebensumstände der Nigerianer zu sein. Asagai möchte also missionarisch und aufklärerisch aktiv werden, indem er den Fortschritt des Westens nach Afrika ›exportiert‹. Der junge Student wirkt optimistisch, wobei er sehr deutlich mögliche Schwierigkeiten bei der Umsetzung seines Traumes sieht.

Der westliche Fortschritt in Nigeria

Weiterhin verbindet Joseph Asagai seinen idealistischen Traum mit seinen ganz privaten Zielen: Beneatha, so hofft er, könnte seine Frau werden und mit ihm nach Afrika zurückkehren:

»ASAGAI. I have a bit of a suggestion. […] That when it is all over – that you come home with me – […] across the ocean; home – to Africa.« (S. 193)

In diesem sehr diskret geäußerten Vorschlag steckt zusätzlich das Potenzial eines neuen Lebenstraums für Beneatha, nachdem das Geld für ihr Medizinstudium nun nicht mehr verfügbar ist. So könnte aus Asagais Traum ein gemeinsamer Traum der beiden jungen Menschen werden. Lorraine Hansberry hat

zuteil werden lassen: to grant s.th. | **aufklärerisch:** enlightening sich dafür entschieden, offenzulassen, ob dieser Lebensentwurf zumindest eine Chance der Umsetzung hat.

Bereits in der ersten Szene von *A Raisin in the Sun* stellt Beneatha ihrer Mutter gegenüber klar, dass George Murchison für sie als Partner indiskutabel ist. Die Oberflächlichkeit, die sie an ihm stört, hat bestimmte Ursachen. Zum einen muss George in ökonomischer Hinsicht keinen Lebensentwurf entwickeln, da er bereits über beachtliche finanzielle Mittel verfügt. So mag es bereits allein diese Tatsache sein, die ihn oberflächlich erscheinen lässt. Zum anderen hat er seinen Traum durchaus schon verwirklicht, denn er gehört zur Mittelschicht und kann sich dadurch mit den weißen Amerikanern messen. Es ist davon auszugehen, dass sein unausgesprochenes Credo lautet: Passe dich in deiner Lebensart der weißen Mittelschicht an und absorbiere ihre Kultur.

■ Assimilation als Credo

Bildung und beruflicher Erfolg sind Teil seines Traumes. Diese beiden Facetten stellen für ihn jedoch nur Mittel zum Zweck dar. Bildung gibt ihm die Möglichkeit, seine Arroganz einfacheren Afroamerikanern gegenüber auszuleben und sich von ihnen – ganz in der Manier der Weißen – deutlich abzugrenzen.

Aus dem Gesagten geht hervor, dass George als starker Kontrast zu Joseph Asagai von der Autorin angelegt ist.

Umsetzung: realisation | **beachtlich:** considerable | **Credo:** creed | **etw. ausleben:** to realize s.th. | **sich abgrenzen von:** to dissociate from

Der Kampf gegen Rassismus und Diskriminierung

Da die Protagonisten in *A Raisin in the Sun* täglich mit Diskriminierung und Rassismus in ihrem Alltag konfrontiert sind, gehört dies zu den Hauptthemen des Stückes.

Der Leser erlebt die Erfahrungen, die die Youngers mit weißen Amerikanern machen, im Theaterstück nur ein einziges Mal aus erster Hand. Dieses Ereignis ist sehr spät im Stück angesiedelt, und zwar in der dritten Szene des zweiten Aktes. Der einzige weiße Charakter Karl Lindner von der »Clybourne Park Improvement Association« (S. 165) stattet den Youngers einen Besuch ab, um sie im Interesse der weißen Bewohner des Viertels mit einer erheblichen Zahlung dazu zu bewegen, nicht in das gekaufte Haus einzuziehen:

Spießbürgertum und Rassismus

> »LINDNER. [...] I am sure you people must be aware of some of the incidents which have happened in various parts of the city when coloured people have moved into certain areas – [...] But you've got to admit that a man, right or wrong, has the right to want to have the neighbourhood he lives in a certain kind of way. [...] It is a matter of the people of Clybourne Park believing, rightly or wrongly, as I say, that for the happiness of

angesiedelt sein: to be in the context of

all concerned that our Negro families are happier when they live in their *own* communities.« (S. 167–170)

Einerseits wirkt Lindner nicht sehr selbstsicher bzw. überzeugt in der Ausführung seiner Mission, andererseits macht ihn die finanzielle Not der Youngers doch zu einer sehr ernstzunehmenden Bedrohung. Lindner lebt in einer engstirnigen Gemeinschaft, die ernsthaft überzeugt ist, der afroamerikanischen Familie noch einen Gefallen zu tun mit ihrem Vorschlag. Anscheinend hält man Afroamerikaner für naiv und dumm, so dass man sie vor Schaden bewahren muss. Folglich glaubt man, noch eine gute Tat mit der Erpressung vollbracht zu haben.

■ Die Youngers sollen erpresst werden

Das finanzielle Angebot der »Clybourne Park Improvement Association« (S. 165) birgt zusätzlich noch das Potenzial in sich, die Familienmitglieder zu spalten. Es ist offensichtlich, dass jedes Mitglied eine eigene Einstellung zu Lindners Vorschlag hat.

Letzten Endes reagieren die Youngers auf diese nicht sehr subtile Form der Diskriminierung mit viel Mut und Stärke. Walter hat eine emotionale Entwicklung durchlaufen, die ihn mustergültig auf den Rassisten Lindner reagieren lassen:

■ Walter zeigt Mut und Stärke

selbstsicher: self-confident | **ernstzunehmend:** serious, reasonable | **engstirnig:** narrow-minded | **Erpressung:** blackmail | **spalten** (*fig., Personen*): to divide | **mustergültig:** exemplary

Abb. 6: Szene aus der Broadway-Produktion von 1959 mit Ruby Dee, Claudia McNeil, Glynn Thurman, Ossie Davis und John Fielder (von links nach rechts). – © Friedman-Abeles Collections

»WALTER (*starting to cry and facing the man eye to eye*). What I am telling you is that we called you over here to tell you that we are very proud and that this is – this is my son, who makes the sixth generation of our family in this country, and that we have all thought about your offer and we have decided to move into our house because my father – my father – he earned it.« (S. 208)

Lorraine Hansberrys Aussage ist in diesem Kontext eindeutig: Die einzige Möglichkeit, mit Diskriminierung umzugehen, besteht darin, die Stirn zu bieten und die eigene Würde sicherzustellen.

Ungewisse Zukunft

Nachdem Walter Lee so viel Zivilcourage bewiesen hat, endet das Theaterstück in einer zuversichtlichen Atmosphäre. Der Leser mag dennoch um die Lebensträume der Familie Younger fürchten, denn sie starten in eine ungewisse Zukunft. Der bisher bewiesene Mut hat ihnen zwar geholfen, doch wird ihnen der feindliche soziale und politische Wind der Fünfzigerjahre des 20. Jahrhunderts weiterhin ins Gesicht schlagen.

Die Bedeutung der Familie

Soziale und ökonomische Benachteiligung

Die Youngers sind von Anfang an sozial und ökonomisch benachteiligt, was sich in ihrem täglichen Überlebenskampf deutlich niederschlägt. Bereits auf den ersten Seiten des Werkes wird anhand eines kleinen Vorkommnisses deutlich, wie knapp die finanziellen Mittel der Familie sind:

»TRAVIS (*eating*). This is the morning we supposed to bring the fifty cents to school.
RUTH. Well, I ain't got no fifty cents this morning.
TRAVIS. Teacher say we have to.
RUTH. I don't care what teacher say. I ain't got it. Eat your breakfast, Travis.

jdm. die Stirn bieten: to stand up to s.o. | **Zivilcourage:** personal courage | **jdn. ins Gesicht schlagen** (*fig.*)**:** to slap in s.o.'s face | **sich niederschlagen:** to show itself

TRAVIS. I *am* eating.
RUTH. Hush up now and just eat!
The boy gives her an exasperated look for her lack of understanding, and eats grudgingly.« (S. 54 f.)

Es bedarf nicht sehr viel an Vorstellungskraft, um sich auszumalen, dass auch Travis in der Schule aufgrund der Armut seiner Familie möglicherweise ausgegrenzt wird. Ruth, eine ansonsten fürsorgliche Familienmutter, steht das Wasser bis zum Hals, denn ihre Härte Travis gegenüber ist nur ein Schutzschild.

So ist es die materielle Not, die den Zusammenhalt der Familie unter Beweis stellt.

Während Walter Lee aufgrund der Geldknappheit eher rücksichtslos mit seinen Nächsten umgeht, glaubt Mama fest an die Bedeutung der Familie in Krisenzeiten. Die ethischen Werte, nach denen sie lebt, versucht sie, ihren Kindern zu vermitteln. Sie ist stets bemüht, die Familie als funktionierende Einheit zusammenzuhalten. Aus diesem Grund leidet sie auch sehr unter der von ihr empfundenen Entfremdung zwischen ihr und ihren erwachsenen Kindern. Sie kann sich diese Situation überhaupt nicht erklären, was sie zutiefst erschreckt und beunruhigt:

■ Mamas Entfremdung von ihren Kindern

MAMA (*coming out, going to her plant*). They frightens me, Ruth. My children. […] No – there's

Schutzschild: shield | **unter Beweis stellen:** to prove, to demonstrate | **rücksichtslos:** ruthless something come down between me and them that don't let us understand each other and I don't know what it is.« (S. 86)

Die zu Recht wahrgenommene Entfremdung hat u. a. ihren Ursprung in den unterschiedlichen Generationen der einzelnen Familienmitglieder.

■ Zusammengehörigkeit als Bollwerk

Es bleibt nicht aus, dass unterschiedliche Generationen ein und derselben Familie auch unterschiedlich sozialisiert werden. Sobald jedoch diese Einheit als Ganzes von außen bedroht wird, ist ein Zusammengehörigkeitsgefühl das wichtigste Bollwerk.

Zu Beginn des Stückes wird Lena Younger als fast tyrannisches Familienoberhaupt dargestellt. Sie vertraut Walter – trotz aller Unstimmigkeiten mit ihm – dennoch zu gegebener Zeit eine erhebliche Summe Geld sowie die Verantwortung für die Familie an:

MAMA. »[...] And from now on any penny that come out of it or that go in it is for you to look after. For you to decide. (*She drops her hands a little helplessly.*) It ain't much, but it's all I got in the world and I'm putting in your hands. I'm telling you to be the head of this family from now on like you supposed to be.« (S. 156 f.)

Aus Liebe zu Walter verzichtet sie auf ihre bisherige Stellung als Familienoberhaupt. Diese Geste zeigt,

Zusammengehörigkeitsgefühl: feeling of belonging | **Bollwerk:** stronghold | **Unstimmmigkeiten:** disagreements dass Lena Younger keine autoritäre Person ist, der es auf Macht ankommt. Ihr liegt in erster Linie das Wohl ihrer Kinder am Herzen. Als sie erkennt, dass Walter schmerzhafte Erniedrigungen erfahren muss und darunter leidet, unterstützt sie ihn maßgeblich.

Die Tatsache, dass Mama ihrem Sohn zutraut, als Familienoberhaupt Schaden von der Familie abzuwenden, befähigt Walter dazu, am Ende des Stückes (Akt III) dem Rassisten Karl Lindner die Stirn zu bieten.

Schließlich ist es auf Lena Youngers Wirken zurückzuführen, dass am Ende des Stückes die Familie Younger als Einheit zum Wohle eines jeden Mitglieds funktioniert. Obwohl sie von der Nachricht über das Verschwinden von Willy Harris traumatisiert sind, gelingt es ihnen, den »Familientraum«, also das Haus in Clybourne Park, nicht aufzugeben.

■ Familie Younger als eine Einheit

Religiosität versus Atheismus

Hansberry thematisiert in ihrem Stück die Rolle von Glauben, Frömmigkeit bzw. Religiosität im Alltag, aber insbesondere auch in Krisenzeiten. Die Figur der Lena Younger verkörpert aufgrund ihres Alters, ihrer Herkunft und ihrer Sozialisation die typische alternde Afroamerikanerin, die den größten Halt in ihrem

am Herzen liegen: to be very important to s.o. | **Erniedrigung:** humiliation | **etw. auf etw. zurückführen:** to trace s.th. to s.th.

Glauben findet. So zitiert sie in der ersten Szene des ersten Aktes ihren Mann:

> »MAMA. […] ›Seem like God didn't see fit to give the black man nothing but dreams – but He did give us children to make them dreams seem worth while.‹« (S. 78)

Der Glaube an Gott lässt die schwarze Bevölkerung die Entbehrungen in ihrem Leben mit Fassung tragen, denn es wird schon alles in Gottes Sinn sein.

Kraft und Stärke findet man in Gospelsongs und Spirituals.

Der Name Gottes wird daher traditionsgemäß nur in einem religiösen Kontext verwendet. Da aber eine neue Generation von Afroamerikanern heranwächst, die in ihrem Leben in den USA mit westlichen Werten in Kontakt kommen, verändert sich dies im Laufe der Zeit. Diese neue Generation wird in *A Raisin in the Sun* von Beneatha repräsentiert. Da sie über eine gute Schulbildung verfügt und ohnehin eher analytisch und rational agiert, hat die Religiosität ihrer Mutter keinen Platz in ihrem Leben. Der gravierende Unterschied dieser Perspektive auf das Leben führt daher zu großen Spannungen zwischen Mutter und Tochter:

Beneatha, die Atheistin

etw. mit Fassung tragen: to keep one's composure

»BENEATHA. Oh, God!
MAMA. If you use the Lord's name just one more time –
BENEATHA (*a bit of a whine*). Oh, Mama –
[…]
MAMA. […] I just ain't going to have you 'round here reciting the scriptures in vain – you hear me?« (S. 79)

Da in diesem Augenblick zwei inkompatible, d. h. nicht miteinander zu vereinbarende Welten aufeinanderprallen, ist eine sachliche Auseinandersetzung zwischen Mutter und Tochter nicht möglich.

Kurze Zeit später sieht sich Beneatha jedoch gezwungen, ihren aufgeklärten Standpunkt zu erläutern und zu verteidigen. Für sie hat die Realisierung ihres ehrgeizigen Berufswunsches und auch der zivilisatorische Fortschritt nichts mit Gott zu tun. Diese Haltung kann Mama nicht nachvollziehen:

»BENEATHA (*drily*). God hasn't got a thing to do with it. […] It's all a matter of ideas, and God is just one idea I don't accept. It's not important. I am not going out and be immoral or commit crimes because I don't believe in God. […] It's just that I get tired of Him getting credit for all the things the human race achieves through its own stubborn effort. There simply is no blasted God –

inkompatibel: incompatible | **aufeinanderprallen:** to clash

> there is only man and it is he who makes miracles!« (S. 84 f.)

Mama ohrfeigt Beneatha

Beneatha leugnet die Existenz Gottes. Lena Younger bringt gerade diese Verleugnung der göttlichen Existenz aus der Fassung. Sie erhebt sich von ihrem Stuhl und verpasst ihrer geliebten Tochter eine Ohrfeige:

> »MAMA *absorbs this speech, studies her daughter and rises slowly and crosses to* BENEATHA *and slaps her powerfully across the face.*« (S. 85)

Für das weibliche Familienoberhaupt scheint diese Reaktion auf die gotteslästernden Äußerungen ihrer Tochter die einzige Möglichkeit, denn sie verfügt nicht über die notwendigen argumentatorischen Fähigkeiten.

In der Folge zwingt Lena ihre Tochter, sich unterzuordnen, indem sie Beneatha folgenden Satz wiederholen lässt:

> »In my mother's house there is still God.« (S. 85)

Beneatha muss sich der Mutter beugen

Beneatha hätte zwar die besseren Argumente, beugt sich aber zunächst der Autorität ihrer Mutter. Nachdem ihre Mutter das Zimmer verlassen hat, äußert sie in einem kurzen Satz ihrer Schwägerin Ruth gegenüber das vernichtende Urteil:

Verleugnung: denial | **gotteslästernd:** blasphemous | **sich unterordnen:** to subordinate oneself to

»I also see that everybody thinks it's all right for Mama to be a tyrant.« (S. 86)

Ruth, die die Religiosität ihrer Schwiegermutter kritiklos übernimmt, ist nicht intelligent genug, um Beneathas Äußerung richtig einzuordnen.

Da Lorraine Hansberry selber Atheistin war, hat sie die rebellische Beneatha zu ihrem Sprachrohr gemacht.

Ausweg aus dem Ghetto

Lorraine Hansberry stellt den ersten Sätzen der Protagonisten in *A Raisin in the Sun* eine aussagekräftige Beschreibung der Wohnung der afroamerikanischen Familie Younger voran:

»*Its furnishings are typical and undistinguished and their primary feature now is that they have clearly had to accommodate the living of too many people for too many years – and they are tired.* [...] *Weariness has, in fact, won in this room.* [...] *a section of this room, for it is not really a room unto itself,* [...] *slopes backward to provide a small kitchen area* [...]. *The single window that has been provided for these ›two‹ rooms is located in this kitchen area.*« (S. 47 f.)

Sprachrohr: mouthpiece | **aussagekräftig:** meaningful, significant

Menschenunwürdige Wohnverhältnisse

Für den Leser des 21. Jahrhunderts mögen diese Beschreibungen überspitzt erscheinen, obgleich sie für die damalige Zeit sehr realistisch waren. Es ist davon auszugehen, dass krank machende Wohnverhältnisse Teil des Alltags jeder afroamerikanischen Familie waren. Der Leidensdruck der Youngers hinsichtlich ihrer Wohnsituation ist groß und sogar die ansonsten sehr geduldige Ruth macht ihrem Unmut in der ersten Szene des ersten Aktes Luft:

»RUTH. [...] Well, Lord knows, we've put enough rent into this here rat trap to pay for four houses by now ...« (S. 76)

Der Zustand der Wohnung wird mit einer Rattenfalle verglichen, für die man obendrein im Laufe der Jahre sehr viel Geld bezahlt hat.

In den Regieanweisungen der zweiten Szene des ersten Aktes setzt Hansberry noch einen weiteren Akzent:

»BENEATHA [...] *with a handkerchief tied around her face, is spraying insecticide into the cracks in the walls.*« (S. 88)

Lena Youngers Enkel muss auf dem Sofa im Wohnzimmer übernachten, da die Wohnung für die Anzahl der Familienmitglieder zu beengt ist.

überspitzt: exagggerated | **Regieanweisungen:** stage directions

Die lamentablen Wohnverhältnisse spiegeln sich in der Stimmung der Charaktere wider, die die allgemeine Atmosphäre als deprimierend und entmutigend reflektiert. Nur Travis scheint von der belastenden Armut der Familie nicht tangiert, da er noch zu jung ist, um seine bedauernswerte soziale Situation zu verstehen. So kommt er eines Tages nach Hause und schildert seiner Mutter voller Stolz, dass er und seine Spielkameraden Jagd auf eine Ratte gemacht hätten, die sie schließlich auch töteten. Dieser Zwischenfall lässt erahnen, wie die Umgebung von Southside außerhalb der heruntergekommenen Wohnung aussehen mag. Ruths Entsetzen als Reaktion auf die Schilderungen ihres Sohnes zeigt, dass ihr sehr wohl bewusst ist, dass ihr Sohn Schaden an Körper und Seele erleiden könnte, sollten sie nicht umziehen können.

Deprimierende Atmosphäre

Ganz nebenbei erfährt der Leser, dass bereits zwei Mitglieder der Familie Younger wohl aufgrund der schlechten Lebensverhältnisse verstorben sind. Lena Youngers Ehemann, Big Walter, sowie ihr drittes Kind, Baby Claude.

Das Leben im Ghetto stellt sich als ein erbarmungsloser Teufelskreis dar, der in der Kunst, Musik und Literatur häufig thematisiert wurde. So hat circa 10 Jahre nach der Veröffentlichung von *A Raisin in the Sun* Elvis Presley mit seinem weltbekannten Lied *In the Ghetto* (1969) die hoffnungslose Lebenssituation ei-

Erbarmungsloser Teufelskreis

belastend: burdensome | **Zwischenfall:** incidence | **Entsetzen:** horror | **erbarmungslos:** pitiless | **Teufelskreis:** vicious circle

nes im Armenviertel aufwachsenden Jungen geschildert: Frustration, Armut, Gewalt, Kriminalität und Drogensucht setzen sich über Generationen hinweg fort.

Lorraine Hansberry hat sich zu dem Phänomen Ghetto wie folgt geäußert:

> »You see, our people don't really have a choice. We must come out of the ghettos of America, because the ghettos are killing us; not only our dreams, as Mama says, but our very bodies. It is not an abstraction to us that the average American Negro has a life expectancy of five to ten years less than the average white. You see [...], that is murder, and a Negro writer cannot be expected to share the placid view of the situation that might be the case with a white writer.«[4]

Im Gegensatz zu der Situation in Elvis Presleys Lied haben die Youngers weitaus bessere Ausgangsbedingungen. Sie leben in einer mehr oder weniger gut funktionierenden Familie, haben ihre Träume und verfügen über gewisse finanzielle Mittel in Form des Schecks über 10 000 Dollar. Dieser Scheck ist ihre einzige Chance auf ein menschenwürdigeres Leben. So wird auch verständlich, dass alle den Scheck mit Aufregung und Ungeduld erwarten, denn der Umzug liegt jedem von ihnen am Herzen.

■ Die einzige und einmalige Chance

Ausgangsbedingung: starting point

Die Lebensverhältnisse der Youngers sind weiterhin insofern realistisch, als Southside in der Tat eines der größten schwarzen Ghettos des Landes war, in dem Lorraine Hansberry selbst ihre Jugend verbrachte. Sie hat aus erster Hand in ihren jungen Jahren miterlebt, dass es den armen Familien in ihrer Nachbarschaft tagtäglich am Nötigsten fehlte.

Southside und Lorraines Jugend

Hansberrys Überzeugung war, dass die Schulen in den schwarzen Wohnbezirken darauf abzielten, den afroamerikanischen Schülern eher Bildung vorzuenthalten als sie voranzubringen. Ähnlich beschreibt Hansberry auch das Ghetto:

> »[...] ... just as the ghetto itself exists not to give people homes but to cheat them out of as much decent housing as possible. [...] This is what is meant when we speak of the scars, the marks that the ghettoized child carries through life. To be imprisoned in the ghetto is to be forgotten – or deliberately cheated of one's birthright. – at best.«[5]

Menschenwürde und Liebe

In Zusammenhang mit dem ethnischen Anliegen thematisiert Lorraine Hansberry die zeitlose wie universelle Frage nach der Würde eines Menschen. Bereits zehn Jahre vor der Veröffentlichung des Werkes, am Broadway uraufgeführt, das ebenfalls die Würde

am Nötigsten fehlen: not to have the bare necessities

eines Menschen aus einfachen Verhältnissen in den Mittelpunkt stellte.

Verletzungen der Menschenwürde

Wie setzt aber nun die Schriftstellerin Verletzungen der menschlichen Würde bzw. den Triumph derselben in ihrem Stück um?

Verletzungen der Menschenwürde schlagen sich in *A Raisin in the Sun* in den krank machenden Wohnverhältnissen nieder (vgl. Kap. 7, S. 92 f.). Walters Sohn Travis kann in der beengten Wohnung nicht so aufwachsen, dass seine körperliche und seelische Entwicklung positiv – also menschenwürdig – verlaufen kann. Der schwarzen Bevölkerung werden seit vielen Generationen menschenwürdige Lebensverhältnisse vorenthalten, ungeachtet der Tatsache, dass sie den gleichen Anspruch auf Gerechtigkeit wie alle Menschen hat.

Am Ende des Stückes ist es bezeichnenderweise Lena Younger, die die Würde eines Menschen unabhängig von charakterlichen Schwächen und Fehlentscheidungen gewahrt sehen möchte:

> »MAMA. There is always something left to love. And if you ain't learned that, you ain't learned nothing. (*Looking at her.*) Have you cried for that boy today? I don't mean for yourself and for the family 'cause we lost the money. I mean for him; what he been through and what it done to him.

in den Mittelpunkt stellen: to focus on | **Anspruch auf etw. haben:** to be eligible for s.th. | **Fehlentscheidung:** wrong decision

> Child, when do you think is the time to love somebody the most […]. It's when he's at his lowest and can't believe it hisself 'cause the world done whipped him so. […] Make sure you done taken into account what hills and valleys he come through before he got to wherever he is.« (S. 205 f.)

Mama macht ihren Standpunkt ihrer Tochter Beneatha gegenüber unmissverständlich klar. Beneatha zeigt sich empört und enttäuscht darüber, dass Walter das gesamte Geld ›verspielt‹ hat. Sie kann für ihren Bruder keine Empathie mehr haben. In Lenas Augen hat jedoch gerade ein Mensch auf der Verliererseite des Lebens Würde und die Unterstützung sowie Liebe seiner Mitmenschen verdient.

■ Unterstützung durch die Mitmenschen

Lorraine Hansberry beabsichtigt, Lenas Aussage nicht nur Beneatha, sondern auch den weißen Theaterbesuchern Ende der Fünfzigerjahre mit auf den Weg zu geben. Nächstenliebe zwischen Weißen und Schwarzen trägt das Potenzial in sich, den Afroamerikanern die nötige Menschenwürde zu verleihen.

Empathie haben für: to empathize with | **jdn. etw. mit auf den Weg geben** (*fig.*)**:** to give s.o. a piece of advice to take with him | **Nächstenliebe:** charity, altruism

Schwarzes Unternehmertum

Für Walter Younger besteht die Realisierung des amerikanischen Traums im Unternehmertum im weitesten Sinn. Im spezifischen Fall des Protagonisten handelt es sich um einen Schnapsladen, der symbolisch für wirtschaftliche Unabhängigkeit steht. In *A Raisin in the Sun* bleibt Walter der Weg in diese Unabhängigkeit verwehrt. Die Schriftstellerin scheint damit ausdrücken zu wollen, dass die Zeit für den Erfolg der Afroamerikaner als Unternehmer noch nicht reif war. Andererseits sah Lorraine Hansberry jedoch auch die Notwendigkeit, die verschwindend geringe Zahl an von schwarzen Amerikanern geführten Unternehmen zu erhöhen. Somit macht sie Ruth und Walter in der ersten Szene des ersten Aktes zu ihrem Sprachrohr:

■ Wirtschaftliche Unabhängigkeit als schwarzer Unternehmer

»MAMA. We ain't no business people, Ruth. We just plain working folks.

RUTH. Ain't nobody business people till they go into business. Walter Lee say coloured people ain't never going to start getting ahead till they start gambling on some different kinds of things in the world – investments and things.« (S. 73)

Unternehmertum: entrepreneurship | **etw. verwehrt bleiben:** to be denied s.th. | **verschwindend geringe Zahl:** only a very small number

Die Zahl der Afroamerikaner, die ihr eigenes Unternehmen besitzen, ist seit dieser Zeit erheblich gestiegen, so dass die Schriftstellerin eine durchaus treffende Vision der Zukunft hatte.

Abtreibung

Lorraine Hansberry gib der – damals wie heute – kontrovers geführten Diskussion um Abtreibung ein nachvollziehbares Gesicht: Die konkrete Lebenssituation der Youngers würde ein zweites Kind sowohl finanziell als auch zwischenmenschlich nur noch zuspitzen.

Ruth hat dies erkannt und erwägt daher trotz ihrer ansonsten eher konservativen Haltung den damals illegalen Weg einer Abtreibung. Inwieweit Ruth diese rationale Entscheidung letzten Endes in die Tat umsetzen wird, bleibt offen. Gewiss ist jedoch, dass sie die Alternative, das Kind nicht zur Welt zu bringen, aus Sorge um das Wohl ihrer Familie in Betracht zieht. Die täglich erfahrbare Armut der Familie lässt keinen Raum für ethische Überlegungen und macht daher Ruths verantwortungsvolle Haltung durchaus deutlich.

Ruth erwägt eine Abtreibung

sich zuspitzen: *hier:* to deteriorate | **etw. in die Tat umsetzen:** to realise s.th. | **etw. in Betracht ziehen:** to take s.th. into consideration

Afrozentrismus

Stolz auf genetisches und kulturelles Erbe

Der englische Begriff »Afrocentrism« beschreibt den Stolz (»self-pride«) der Afroamerikaner auf ihr afrikanisches Erbe.

Lorraine Hansberry zeigte sich mit der Darstellung dieses Phänomens wiederum als sehr fortschrittliche Autorin, denn erst circa vierzig Jahre später (um 1990) bekannten sich viele schwarze Amerikaner – in der Regel junge Menschen – zu ihren genetischen und kulturellen Wurzeln.

Beneathas Affinität zum Afrozentrismus

So ist es die Figur des Joseph Asagai, die »self-pride« in *A Raisin in the Sun* verkörpert. Nicht zuletzt aufgrund Beneathas Freundschaft oder Beziehung zu dem jungen afrikanischen Intellektuellen entwickelt auch sie eine Affinität zum Afrozentrismus, zu dem auch eine kritische Einstellung zum Kolonialismus gehört. Während Lena Younger weder über geografische noch historische Kenntnisse verfügt, hat ihre Tochter bereits einen fundierten Wissenshintergrund:

»MAMA (*indignantly*). Why should I know anything about Africa?

BENEATHA. Why do you give money at church for the missionary work?

MAMA. Well, that's to help save people.

BENEATHA. You mean save them from *heathenism* –

Affinität: affinity

MAMA (*innocently*). Yes.
BENEATHA. I'm afraid they need more salvation from the British and the French.« (S. 92)

Asagai versucht, Beneatha die Kultur seines Landes Nigeria über seine Geschenke (afrikanische Kleider und Musik) näherzubringen. Er kann Beneathas geglättetes Haar nicht wirklich akzeptieren, da dies für ihn vermutlich das Negieren der afrikanischen Wurzeln signalisiert. So ist der folgende Wortwechsel zwischen Asagai und Beneatha in dieser Hinsicht sehr aufschlussreich:

Asagai bringt Beneatha die Kultur Nigerias näher

»ASAGAI [...] You wear it well ... very well ... mutilated hair and all.
BENEATHA (*turning suddenly*). My hair – what's wrong with my hair?
ASAGAI (*shrugging*). Were you born with it like that?
[...]
BENEATHA. You know perfectly well how ... as crinkly as yours ... that's how.
ASAGAI. And it is ugly to you that way?
[...]
ASAGAI. And so to accommodate that – you mutilate it every week?« (S. 98)

jdm. etw. näherbringen: to make s.o. familiar with s.th.

Es ist davon auszugehen, dass Asagais Bemerkungen Beneathas Einstellung zu ihrer afrikanischen Herkunft entscheidend beeinflussen, ohne dass dies zu diesem Zeitpunkt an die Oberfläche tritt. Die vorgenommene Veränderung an der Frisur wird von Asagai hinterfragt und löst somit auch ein Nachdenken bei Beneatha über die Bedeutung einer solchen Handlung aus.

Afrozentrismus versus Assimilation

Als Kontrapunkt zu einer von Afrozentrismus gefärbten Lebenseinstellung behandelt Lorraine Hansberry das Thema der Assimilation in ihrem Stück. Asagais Gegenspieler George Murchison verkörpert hierbei den perfekt assimilierten Afroamerikaner, weshalb Beneatha ihn nicht als potenziellen Partner akzeptieren kann. Was George vom afrikanischen Erbe hält, gibt er Beneatha und Ruth in der ersten Szene des zweiten Aktes deutlich zu verstehen:

»BENEATHA [...] It means someone who is willing to give up his own culture and submerge himself completely in the dominant, and in this case, *oppressive* culture!

GEORGE. [...] A lecture on the African past! On our Great West African Heritage! [...] (*Nastily.*) Let's face it, baby, your heritage is nothing but a bunch of raggedy-assed spirituals and some grass huts!« (S. 123 f.)

Kontrapunkt: counterpoint

Für George besteht das afrikanische Erbe demgemäß weitgehend bloß aus Grashütten, also primitiven Behausungen. Mit dieser Einstellung wird George als Rassist disqualifiziert, der in Beneathas Leben keinen Platz haben kann.

7. Autorin und Zeit

Lorraine Hansberrys frühe Kindheit

Lorraine Vivian Hansberry wurde am 19. Mai 1930 als Tochter eines erfolgreichen afroamerikanischen Immobilienmaklers in Chicago geboren.

Hansberrys Kindheit in der Southside

Lorraine Hansberry machte in ihren jungen Jahren die Erfahrung, in einem Ghetto zu leben und eine Schule zu besuchen, in der ausschließlich schwarze Schülerinnen und Schüler waren. Trotz ihres wohlhabenden Elternhauses lebte die Familie in einem der größten Ghettos des Landes: in der Southside Chicagos. Hansberry beschreibt diese frühen Erfahrungen so:

> »The heartbreaking part was this: It was not an old building but, on the contrary, a relatively new and modern one. Its substandard quality had been planned from the drawing board. For from its inception Betsy Ross had been earmarked as a ghetto school, a school for black children […].
> This was so because the children of the Chicago ghetto were jammed into a segregated school system. I am a product of that system […] – to this day – I cannot count properly.«[6]

Immobilienmakler: estate agent

Lorraine wurde von den anderen Kindern in der Southside als verschiedenartig wahrgenommen, denn ihre Herkunft aus der Mittelschicht konnte sie vor den ärmeren Kindern nicht verbergen.

Über diese prägenden Erfahrungen schreibt sie als Erwachsene:

Hansberrys prägende Erfahrungen als Mittelschichtkind

> »But we are all shaped, are we not, by that particular rim of the soup-bowl where we swim, and I have remained throughout the balance of my life a creature formed in a community atmosphere where I was known as – a ›rich‹ girl.[7]

Lorraine blieb eine Außenseiterin. An einer anderen Stelle schildert die Schriftstellerin, dass sie die ärmeren Kinder aus dem Ghetto sogar bewunderte, da diese über ein großes Maß an Durchsetzungsvermögen und Eigenständigkeit in jungen Jahren verfügten.

Lorraine Hansberry als junge Frau

Die nächste Etappe im Leben der Autorin ist die University of Wisconsin in Madison, wo sie ein Studium aufnahm. Ihr Interesse galt der Literatur, der Kunst und dem Theater. Die Vorlesungen an der Universität stellten sie aber nie wirklich zufrieden.

Herkunft: origin | **etw. vor jdm. verbergen:** to conceal s.th. from s.o.

Im Jahr 1951 zog sie nach New York, um als Herausgeberin der politisch links angesiedelten Zeitschrift *Freedom* tätig zu werden.

Die Jahre in New York schärften außerdem Hansberrys Sinn für politischen Aktivismus. Ihre Kindheitserlebnisse einerseits und die intellektuelle Atmosphäre vor Ort andererseits ließen sie überzeugt für die Emanzipation der Afroamerikaner im öffentlichen Leben kämpfen. Die Gleichstellung der Frau war in diesem Kontext für sie eine besondere Herzensangelegenheit.

■ Kampf für die Emanzipation der Frau

In religiöser Hinsicht entwickelte sich die junge Frau zu einer bekennenden Atheistin. Diese weltanschauliche Überzeugung fand ihren Niederschlag in Beneathas Haltung in *A Raisin in the Sun* (vgl. Kap. 6, S. 75–79).

■ Hansberry – eine Atheistin

Im Jahr 1953 ging Hansberry die Ehe mit dem jüdisch-russischen Schriftsteller und Komponisten Robert Nemiroff ein, der auch später ihre unveröffentlichten Manuskripte postum als Herausgeber verwaltete. Dies hatte Lorraine Hansberry vor ihrem Tod so gewünscht.

■ Hansberry heiratet Robert Nemiroff

Zum Zeitpunkt ihrer Eheschließung hatte sich die Autorin bereits dem Theater als der von ihr bevorzugten literarischen Gattung und Ausdrucksform zugewandt. In finanzieller Hinsicht konnte sich Lorraine

Herausgeberin: editor | **Herzensangelegenheit:** passion | **Niederschlag in etw. finden:** to be reflected in s.th. | **Manuskript:** manuscript | **sich etw. zuwenden:** to turn towards s.th.

Abb. 7: Lorraine Hansberry in ihrem Appartement 1959 in New York City. – © David Attie / Kontributor; Kollektion: Michael Ochs Archives.

Hansberry erst erlauben, sich vollständig dem Schreiben zu widmen, als Robert Nemiroff mit dem Lied *Cindy, Oh Cindy* einen großen kommerziellen Erfolg verzeichnete.

Am 11. März 1959 kam das Stück schließlich an den Broadway. Bereits im April desselben Jahres wurde Lorraine Hansberry der angesehene *New York Drama Critics' Circle Award* verliehen für das beste Drama

1959: Uraufführung am Broadway und Erfolg

des Jahres. Zehn Jahre zuvor hatte Arthur Miller mit seinem Stück *Death of a Salesman*, in dem es auch um die Kehrseite des amerikanischen Traums und um die Menschenwürde geht, diese unter Schriftstellern begehrte Auszeichnung erhalten. Oberflächlich betrachtet haben sich Arthur Miller und Lorraine Hansberry in ihren Stücken mit den gleichen Themen beschäftigt. Auf den zweiten Blick wird jedoch der große Unterschied klar: Hansberry war die erste Frau und erste Afroamerikanerin überhaupt, die diesen Preis verliehen bekam. Sie stand damit plötzlich im Zentrum der öffentlichen Aufmerksamkeit, da ihr nun auch die Medien Beachtung schenkten.

Die Vollendung des Theaterstückes machte Lorraine Hansberry nicht nur stolz, sondern sie schöpfte daraus ein wohl überwältigendes Gefühl der persönlichen Erfüllung. Sie schildert dies so in einem Interview:

Persönliche Erfüllung

> »And there is nothing yet that has been written, I don't think, in poetry or song, that has quite articulated the gratification of that. It probably is the most fulfilling experience a human being can have – to try and create something and to have it received with any measure of recognition for the effort. So that I can only say it in personal terms: I get an enormous sense of personal fulfilment […].«[8]

begehrt: sought-after | **etw. Beachtung schenken:** to pay attention to s.th. | **überwältigend:** overwhelming

Die Zeit nach *A Raisin in the Sun*

Den Anfang der Sechzigerjahre verbrachte die Autorin damit, verschiedene Fassungen (Drehbücher) des Stücks für Film und Fernsehen zu erstellen. Es entstanden ebenso weitere unvollendete Dramen in diesem Zeitraum. Ihre fragmentarische Autobiografie *To Be Young, Gifted and Black* wurde nach ihrem Tod von Robert Nemiroff überarbeitet und erst 1969 veröffentlicht.

Die Krebsdiagnose

Im Jahr 1963 erkrankte Lorraine Hansberry an Krebs, nachdem sie erst ein Jahr zuvor mit ihrem Ehemann nach Croton-on-Hudson außerhalb von New York gezogen war. Trotz ihrer Erkrankung ließ sie es sich nicht nehmen, weiterhin in der Bürgerrechtsbewegung aktiv zu sein. Dies war besonders bedeutend, da in den südlichen Staaten der USA viele Rassenunruhen ausgebrochen waren. Ihre Aufmerksamkeit in dieser Zeit galt so stets den Protesten gegen die Gewalt gegenüber den schwarzen Freiheitskämpfern. Hansberry koordinierte diese Proteste und Aktionen in erheblichem Maße mit. So engagierte sie sich auch in dieser Zeit in dem *Student Nonviolent Coordinating Committee* (SNCC).

Der Freiheitsmarsch in Washington

Aus gesundheitlichen Gründen war es ihr jedoch nicht möglich, am Freiheitsmarsch in Washington am 28. August 1963) zum *Lincoln Memorial* teilzunehmen und Martin Luther Kings bahnbrechende Rede *I have a dream* persönlich vor Ort zu erleben. Bereits im April 1962 erklärte die kranke Autorin vom Kran-

unvollendet: unfinished | **Freiheitskämpfer:** Civil Rights activist kenhaus aus in Bezug auf die Bügerrechtsbewegung um Martin Luther King:

> »Rather, I imagine that leaders like Dr. King, with their insights into the mentality and traditions of this Republic, have tried to create instruments of struggle which do not lead head-on to the mass murder of our people.« (To Be Young, Gifted and Black, Robert Nemiroff, 1970, S. 221)

1964 ließen sich Lorraine Hansberry und Robert Nemiroff scheiden, ohne die Gründe dafür der Öffentlichkeit mitzuteilen.

Der frühe Tod Hansberrys

Am 12. Januar 1965 erlag die Schriftstellerin im jungen Alter von nur 34 Jahren ihrem Krebsleiden. Sie wurde in Croton-on-Hudson beerdigt. In Harlem fand ein Gedenkgottesdienst für sie statt, zu dem auch der Dichter Langston Hughes, eine Ikone der Bürgerrechtsbewegung, gekommen war, um von einer bedeutenden Schriftstellerin und Freundin Abschied zu nehmen.

Lorraine Hansberry hat folgende Werke geschrieben:

- *A Raisin in the Sun* (1957)
- *A Raisin in the Sun. Screenplay* (1961)
- *What Use Are Flowers* (1962)
- *The Sign in Sidney Brustein's Window* (1965)
- *Les Blancs* (1970)
- *To Be Young, Gifted and Black: An Informal Autobiography* (1969)

einem Krebsleiden erliegen: to die from cancer

8. Rezeption

Reaktionen auf das Theaterstück

A Raisin in the Sun wurde am Broadway in New York erstmals am 11. März 1959 aufgeführt (vgl. Kap. 7, S. 95). Die Verleihung des angesehenen *New York Drama Critics' Circle Award* noch im gleichen Jahr an die damals erst 29-jährige Schriftstellerin spricht in Fachkreisen für sich.

Bis zum Zeitpunkt der Aufführung hatten sich der Broadway und die restliche Theaterszene afroamerikanischen Schriftstellern gegenüber nicht besonders liberal gezeigt. Die Szene war damals von weißen Autoren dominiert. *A Raisin in the Sun* wurde u. a. auch deshalb mit Spannung erwartet, weil es sich von der Autorin über den Regisseur bis zu den Schauspielern um ein rundum schwarzes Stück handelte. Es machte sich eine gewisse Erleichterung breit, als man feststellte, dass es kein aufwieglerisches Stück war. Mit der Darstellung einer Familie aus der Arbeiterklasse auf der verzweifelten Suche nach dem *American Dream* konnte man sich versöhnen.

Gelungener Handlungsaufbau

Lorraine Hansberry konnte nicht zuletzt auch aufgrund ihrer unter Beweis gestellten Kompetenz im Handlungsaufbau überzeugen. Schließlich hatte sie mit ihren charakterstarken schwarzen Bühnenfiguren

in Fachkreisen: in expert circles | **etw. mit Spannung erwarten:** to wait for s.th. anxiously (*adv.*) | **aufwieglerisch:** rebellious | **Handlungsaufbau:** plot

ein zusätzliches Zeichen gesetzt: Die bislang stereotypen ›Neger-Figuren‹ gehörten der Vergangenheit an. Folglich war sowohl das weiße als auch das afroamerikanische Theaterpublikum in der Rezeption des Werkes gefordert: Die weißen Amerikaner mussten ihre Haltung kritisch überdenken, denn wer wollte sich schon gerne mit der Figur des Karl Lindner identifizieren? Das afroamerikanische Publikum wiederum hat Hansberrys Appell verstanden und wurde sich erstmals seiner inneren Stärke sowie seines Potenzials bewusst. Die von Lena Younger bewiesene Würde, Walter Lees Reifeprozess und die Energie Beneathas konnten als nachahmungswerte Modelle dienen.

■ Kritik an *A Raisin in the Sun*

Vereinzelt wurde Kritik an der Darstellung der Figur Karl Lindner laut. Der Rassist schien zu wohlwollend portraitiert. Lorraine Hansberry hat auf diese Kritik mit den folgenden Zeilen reagiert:

> »Let us please be quite clear about one thing: I have treated Mr. Lindner as a human being merely because he is one; that does not make the meaning of his call less malignant, less sick. I could no more imagine myself allowing the Youngers to accept his obscene offer of money than I could imagine myself allowing them to accept a cash payment for their own murder.«[9]

ein Zeichen setzen: to set an example | **etw. überdenken:** to think s.th. over | **Reifeprozess:** development towards more maturity | **wohlwollend:** benevolent

Ein weiterer vermeintlicher Schwachpunkt von *A Raisin in the Sun* wurde in der rasanten Entwicklung der Handlung gesehen, die als nicht nachvollziehbar betrachtet wurde:

> »Die sprunghafte Entwicklung der Handlung ist wohl die gravierendste Schwäche dieses ›well-made play‹. Mag die herausfordernd optimistische Schlußwendung auch den Eindruck der Schlüssigkeit im Ganzen erwecken, so entbehren doch einige wichtige Handlungselemente einer ausreichenden Motivierung.«[10]

Die Skepsis bezog sich im Wesentlichen auf zwei Gegebenheiten des Stückes:

1. Wieso sollte sich Lena Younger plötzlich entscheiden, die Geldsumme und die damit verbundene Verantwortung an ihren Sohn zu übertragen?
2. Wieso fällt das Ende so optimistisch aus, denn ein friedliches Leben der afroamerikanischen Familie in *Clybourne Park* ist nicht garantiert bzw. unwahrscheinlich?

Ein »Negro play«?

Andere Rezensenten wiederum konnten die Bezeichnung »Negro play« für *A Raisin in the Sun* nicht akzeptieren. Für diese Gruppe von Kritikern war die ästhetische Wirkung von Hansberrys Stück nicht tiefgreifend

vermeintlich: alleged | **Schlüssigkeit:** logic | **Rezensent:** critic | **tiefgreifend:** further-reaching

genug. Man vertrat den Standpunkt, dass ein echtes »Negro play« einen erheblichen Beitrag zum Ende des weißen Amerika leisten müsse.

Diese Kritik scheint bei genauerem Hinsehen nicht gerechtfertigt, denn welches Theaterstück vermag es schon allein, Rassendiskriminierung zu beenden?

Lorraine Hansberrys kultureller und literarischer Beitrag zur gesellschaftlichen Veränderung Mitte des 20. Jahrhunderts in den USA ist nicht von der Hand zu weisen.

Verfilmungen

Es liegen von *A Raisin in the Sun* folgende Verfilmungen vor:

- 1961 führte Daniel Petrie Regie in der ersten Filmfassung des Stückes, in der Sidney Poitier die Rolle des Walter Lee Younger spielte und Claudia McNeil Lena Younger eindrucksvoll verkörperte. Das Drehbuch schrieb die Autorin Lorraine Hansberry persönlich. Diese Version ist insofern erwähnenswert, als sie noch in demselben Jahr am Wettbewerb der Internationalen Filmfestspiele von Cannes teilnahm. Der Regisseur erhielt bei dieser Gelegenheit den *Gary Cooper Award*. 1962 wurden die beiden Hauptdarsteller Sidney Poitier und Claudia McNeil für einen *Golden Globe Award* nominiert. Viele Jah-

erwähnenswert: worth mentioning

re später, im Jahr 2005, wurde die Verfilmung in ihrer kulturgeschichtlichen Bedeutung angemessen gewürdigt, indem sie in das *National Film Registry* aufgenommen wurde.

- Der deutsche Titel des Films lautet *Ein Fleck in der Sonne.*
- Im Jahr 1989 entstand in den USA eine Filmversion für das Fernsehen unter der Regie von Bill Duke.
- Im Jahr 2008 erschien in den USA unter der Regie von Kenny Leon die dritte Adaption des Theaterstücks *A Raisin in the Sun*. Walter Lee Younger wurde in dieser für das Fernsehen produzierten Version von Sean »P. Diddy« Combs dargestellt und Phylicia Rashad spielte das afroamerikanische Familienoberhaupt Lena Younger.

Die Verfilmungen von 1989 und 2008 haben gemeinsam, dass sie den Handlungsort erweitern und somit die Charaktere auch außerhalb der Wohnung der Familie Younger zu sehen sind. Walter Lee wird beispielsweise als Chauffeur auf der Straße gezeigt, während er auf seinen weißen Vorgesetzten wartet. Folglich entsteht ein zusätzliches Lokalkolorit, das dem Zuschauer äußere Gegebenheiten der damaligen Zeit in den USA vor Augen führt. Inwieweit jedoch dies im Sinne Lorraine Hansberrys gewesen wäre, bleibt unbeantwortet.

Zukünftige Adaptionen des Klassikers im 21. Jahr-

etw. würdigen: to acknowledge s.th.

hundert – sei es für die Leinwand oder die Bühne – können das zeitgenössische Publikum immer noch in ihren Bann ziehen, solange sie auf eindringliche Weise die Scheinheiligkeit des amerikanischen Traumes hinterfragen. Das Stück bleibt aktuell, denn das soziale Ungleichgewicht der amerikanischen Gesellschaft, einschließlich der nicht vorhandenen Aufstiegsmöglichkeiten, ein universelles Thema darstellt.

zeitgenössisch: contemporary | **jdn./etw. in seinen Bann ziehen:** to cast a spell on s.o./s.th. | **eindringlich:** powerfully (*adv.*) | **Aufstiegsmöglichkeit:** upward mobility

9. Prüfungsaufgaben mit Lösungshinweisen

Aufgabe 1

Read the following extract from the play:

Act Three, p. 206, l. 12 – p. 209, l. 1, in: Lorraine Hansberry, *A Raisin in the Sun*, Reclam: Stuttgart, 2012.

The passage is taken from Act Three: Lindner has arrived at the Youngers' flat to make Walter sign some documents. His signature would testify the family's willingness to sell their house at Clybourne Park. All the family members are present when Lindner arrives with his briefcase.

Arbeitsauftrag 1

1. Outline the situation described in the extract from *A Raisin in the Sun* by Lorraine Hansberry.
2. Characterize Walter Younger as he is presented in the given extract considering his behaviour at the beginning of the play.
3. Discuss effective ways to end discrimination of minorities both on a private and political or social level.

Lösungshinweise

1.

- Lindner arrives at the Younger's flat with the documents to be signed by Walter.

- The signature would mean accepting a certain sum of money for not moving to Clybourne Park.
- Walter talks to Lindner about the Youngers being plain but proud and hardworking people.
- Finally, Walter explains that both their pride and the fact that their father has earned the money for the house in Clybourne Park has led to their decision to move into the house instead of accepting Lindner's money.

2.

Walter at the beginning of the play:

- He refuses to listen to his mother's viewpoint.
- He appears very embittered about his very low social status as an Afro-American.
- He is focussed on realizing his own dream (the liquor store).

Walter in Act Three (in the given extract):

- He definitely has learnt his mother's lesson.
- He acts as a very responsible and mature head of the Younger family.
- He has left behind all his bitterness about the family's status and even emphasizes his people's merits and pride.
- He proves to be a man and to be able to stand up to the racist Lindner.

3.

- Schools should integrate the topic into their curriculum.

- Extra-curricular activities could also add to integrating minorities in a natural way.
- Both direct contact with and information on minorities can reduce prejudices.
- Politicians should create chances for more upward social mobility.

Aufgabe 2

In the following excerpt from the short story »She Shall Not Be Moved« the protagonist describes her experience as an immigrant woman on a London bus. The narrator is accompanied by her young daughter Mariam.

Textauszug:

> Anyhow, this bus finally comes, I put Mariam up alongside me, while I pay. Then I try to move her along into the bus ahead of me. Only we can't move. The aisle's blocked by this huge woman, with a pram in the middle of the aisle. She seems to be Somali, from her clothes – long dark dress, hair covered with a veil, like nuns used to wear, arms covered to the wrists, nothing but face and hands showing. The driver shouts at me to move down the bus, only I can't because of the pram. I'm about to say to him, *Well, get this woman to move out of the way* – it's one of those modern buses with a special place for prams – when I see what the problem is.
> There are these two women, sitting in those fold-up seats in the pram space. White, fiftyish, wrinkles full of

powder and grey roots under the blonde rinse, mouths like dried-up prunes, both of them. One of them's wearing a buttoned-up cardie like Pauline in *East Enders*. The other one's wearing a colourless crumpled and none-too-clean mac of some kind. The big-breasted, big-bottomed type. Both looked strong enough in the arm to lift a good few down the pub every night.
They're sitting right under that notice which says: *Please allow wheelchair users and those with prams priority in using this space.* Which means these two are supposed to get up so the Somali woman can put her pram in the space left when their seats fold up. Only they're staring hard out of the window, pretending they haven't heard a word of what's going on, and if they did, it's nothing to do with them. [...]
There are two empty seats right opposite the women. They can just move over the aisle. I look hard at them, trying to will them to look around. They finally can't resist looking round to see the havoc they've caused. They're still trying to be nonchalant, but you can see this gleam of satisfaction in their eyes, their mouths growing even thinner as they jam their lips grimly together, as if to say: *That'll show you who's boss!* [...]
Now they start a loud conversation about "their" manners. Meaning me I glare at them and say nothing. I can feel Mariam wriggling with impatience for me to mouth off at them. But I reckon with the driver on their side, even against this poor Somali woman with her pram and her kids, what chance have I got? He'd probably call the police for me, if I gave them lip. And guess

whose side the police would be on? So I glare and sit tight. [...]
At last we get to Wood Green and the troublemakers get off, slinging a last few barbs over their shoulders. At that, the Somali woman finally snaps. She lets go of the pram and leans out the doorway and shouts "Racists!" after them. They're still hurling abuse at her, as if they were the injured parties, as they disappear into the crowd, everybody staring. But, thank God, it's Wood Green and the sea of faces staring interestedly at us is as much black as white.
The Somali woman starts to struggle to turn the pram so she can get off too. I offer to help her, muttering to her that she should report the driver. What's the good of that, she says bitterly. But why do you think he's taking their part, I ask her, because I am truly confused. I mean he's a black man. The black woman is clearly in the right [...]
The Somali woman gives me a long look: "Because he's a slave," she says. "He is a slave," she repeats loudly through the still open back door of the bus, at the driver collecting fares from passengers boarding at the front. [...]
"But me," she says, looking at me hard again, "I am not a slave. I would rather die than be one." Her voice is like granite, hard and unmovable. Every word falls heavy as a stone between us, cuts into me like a diamond. (696 words)

Shereen Pandit: She Shall Not Be Moved, 2005. In: Britain Rewritten, Stories of a Multi-Ethnic Nation, Reclam: Stuttgart 2007. S. 90–102. – © Shereen Pandit.

Arbeitsauftrag 2:

1. Sum up the extract from *She Shall Not Be Moved.*
2. Compare the Somali woman's reaction to discrimination to a protagonist's way of dealing with it in *A Raisin in the Sun* by Lorraine Hansberry.
3. Creative Writing:
   When the two English racist women come home, one of them talks about her experience on the bus to her husband. Write the dialogue.

Lösungshinweise

1.

- The narrator takes a London bus together with her young daughter Mariam.
- A Somali woman in traditional clothes is blocking the aisle with her pram.
- The pram space is occupied by two white English women in their fifties not willing to get up and use the two empty seats opposite them.
- When the two women get off the bus, the Somali woman calls them racist in a loud voice and is insulted by them in return.
- The narrator helps the Somali woman get off the bus with her pram.
- She is unwilling to report the black bus driver for not having supported her against the two English passengers.
- She calls him a slave and says that she herself refuses to act as a slave.

2.

The Somali woman from *She Shall Not Be Moved*:

- She understands the situation and clearly disapproves both of the English women's behaviour and the bus driver's lack of support.
- She does not stand up to the two English racist women during the bus ride because she does not reckon to be supported by the bus driver.
- At the end of her ride the Somali woman hits back both at the black driver and the two English women.
- She proves not only capable of understanding the situation but also of demonstrating her pride by saying: »I am not a slave. I would rather die than be one.«
- She is a woman who refuses to make compromises due to her experiences in England as a coloured woman.

A protagonist from *A Raisin in the Sun*:

- Walter Lee Younger is courageous enough to stand up against Lindner and to fight for equal rights on a private basis in Act Three. Thus, his attitude can be compared to the Somali woman's reaction.
- Lena Younger has been confronted with racial discrimination all her life and still pursues her dream of a house of her own with admirable serenity. She asks her son Walter Lee to fight against the racist Lindner on behalf of her late husband. She probably also had enough power when she was young but now expects her son to stand in for her.
- Ruth Younger is conscious of the family's disadvantaged situation due to their skin colour. She is, however,

too involved in the serious marriage problems to have the power to stand up against racists. She rather represents the traditional meek African woman.

- Beneatha is an ambitious and intelligent young African woman fighting for her independence within the family. Finally, it is not Beneatha but her brother who displays the necessary power to react effectively against Lindner.

3. Creative writing

The following aspects could be mentioned by the English woman in the dialogue with her husband:

- She finds the Somali woman's reaction at the end of the bus ride impertinent and abusive.
- She does not accept equal rights for coloured people because for her, they are inferior members of society.
- She feels superior because she belongs to the former colonizers.
- She is of the opinion that the British government supports the poorer coloured people more than it should do. If they did not get any financial help, they would work harder to make ends meet.
- She does not accept or admit any wrongdoing on her part.

Aufgabe 3

Lorraine Hansberry opens her play »A Raisin in the Sun« with a poem by Langston Hughes called »Harlem«. Read this poem carefully (p. 45).

Arbeitsauftrag 3:

1. The title of the play is a quotation from Langston Hughes' poem »Harlem«. Analyse the message of the poem considering its thematic relevance for the play.
2. Characterize Lena Younger (Mama).

Lösungshinweise

1. The message of the poem:

- A dream of an individual that is postponed or never realized does not stop existing.
- A dream cannot or should not be ignored because it might turn into an explosive force.
- Whether an unrealized dream represents a burden for the individual or whether it becomes destructive is not answered by Langston Hughes in the poem. Different possibilities seem to be imaginable.

2. Characterisation of Lena Younger:

- Mama is represented as a typical African matriarch.
- She is very religious, moral and maternal.
- She plans to use her husband's insurance money as a down payment on a house for altruistic reasons because she wants to fulfil her family's dream.
- Dreams are more important to her than money and thus she is very authentic.

- In general, she is a person who stands up for her beliefs and thus can be called courageous for her age and generation.
- Although Lena Younger disapproves of Beneatha's atheistic attitude, she is still a loving and forgiving mother and grandmother.
- Her way of guiding her son Walter Lee through his crisis makes her an admirable and strong character. This also applies to her loyalty towards her daughter-in-law Ruth Younger. All in all, Lena Younger is portrayed as the backbone of the Younger family.

10. Anmerkungen

1 Lorraine Hansberry, *To Be Young, Gifted and Black. An informal autobiography of Lorraine Hansberry,* New York 1970 [Titelseite].

2 Ebenda, S. 51.

3 Ebenda, S. 109.

4 Ebenda, S. 131 f.

5 Ebenda, S. 63.

6 Ebenda.

7 Ebenda.

8 Ebenda, S. 126.

9 Ebenda, S. 131.

10 Eckhard Breitinger, »Lorraine Hansberry: A Raisin in the Sun«, in: *Das amerikanische Drama der Gegenwart*, hrsg. von Herbert Grabes, Kronberg 1976, S. 153–168.

11. Literaturhinweise/Medienempfehlungen

Textausgaben

Hansberry, Lorraine: A Raisin in the Sun. Drama in Three Acts. Hrsg. von Arthur Kutsch. Stuttgart: Reclam, 2017 [u. ö.]. (Reclams Universal-Bibliothek Nr. 19840.) – *Nach dieser Ausgabe wird zitiert.*

Hansberry, Lorraine: A Raisin in the Sun. With an introduction by Robert Nemiroff. New York: Vintage, 1994.

Autobiografie

Nemiroff, Robert (Hrsg.): To Be Young, Gifted and Black. A Portrait of Lorraine Hansberry in Her Own Words. New York: Penguin 1970.

[Die fragmentarische Autobiografie von Lorraine Hansberry liefert in persönlichen Briefen, Tagebuchauszügen sowie Szenen aus Dramen einen aussagekräftigen Einblick in das Leben der Schriftstellerin, ohne den Anspruch auf Vollständigkeit zu erheben.]

Interpretationen

Cliffs Notes on *A Raisin in the Sun*. Hoboken (NJ): Wiley, 1992.

[Eine unterstützende Lektürehilfe für Schülerinnen und Schüler, die sich auf Englisch näher mit dem Leben der Autorin, einer kurzen Synopse des Stückes, detaillierten Zusammenfassungen der einzelnen Szenen sowie deren Deutung und Charakteranalysen auseinandersetzen möchten. Es werden zudem Symbole und Motive des Werkes gut verständlich erläutert.]

Roman zu »Black America«

Lee, Harper: To Kill a Mockingbird. London: Arrow Books, 2010.
[Ein Jugendroman, der 1960 veröffentlicht wurde und die für die damalige Zeit typische Rassendiskriminierung der Südstaaten der USA zum Thema hat. Den Kern der Handlung stellt der Prozess in Zusammenhang mit der Anklage eines Afroamerikaners wegen Vergewaltigung einer weißen Frau dar. Rassismus sowie der Widerstand eines weißen Anwaltes gegen eine rassistisch motivierte Vorverurteilung werden treffend für die damalige Zeit dargestellt. Der Roman wurde 1962 verfilmt und ist sehr sehenswert.]

Gedichte

Hughes, Langston: Vintage Hughes. New York: Vintage Books, 2004.
[Eine beeindruckende Sammlung an Gedichten zu den Themen »slavery, Afro-Americans, racism, discrimination«. Die Gedichte sind von sehr unterschiedlicher Länge. Sie sind insgesamt einfach lesbar und stellen die Lebenssituation der Afroamerikaner in deutlichen Worten dar.]

Verfilmungen

A Raisin in the Sun. Daniel Petrie. USA 1961.
[Die erste amerikanische Verfilmung des Theaterstückes, die sehr nah an der Textvorlage die jeweiligen Sorgen und Nöte der Charaktere auf eindringliche Weise wiedergibt. Diese Verfilmung zeichnet ein sehr authentisches Bild der damaligen Zeit und eignet sich insbesondere für vertiefte Charakterstudien.]

Internet

www.rottentomatoes.com/m/1017123_raisin_in_the_sun
[Es handelt sich hierbei um Filmkritiken, die Stärken und Schwächen der einzelnen Verfilmungen deutlich werden lassen.]

12. Zentrale Begriffe und Definitionen

Afrocentrism: Der Begriff bezeichnet den Stolz der afrikanischen Bevölkerung der USA auf ihre afrikanischen Wurzeln. Dieses Lebensgefühl war besonders unter den jungen farbigen Amerikanern der neunziger Jahre des 20. Jahrhunderts ausgeprägt. Zum Zeitpunkt der Entstehung des Stückes *A Raisin in the Sun* handelte es sich um ein noch relativ unbekanntes gesellschaftliches Phänomen.

➤ S. 10, 88–90

Antagonist [antagonist]: Gegenspieler des Protagonisten in einem literarischen Werk.

➤ S. 30, 64

Assimilation [assimilation]: Der Begriff bezeichnet die Angleichung/Anpassung einer einzelnen Person an die Eigenschaften einer Gruppe.

➤ S. 18, 23, 37, 39, 43 f., 52 f., 68, 90

Atheismus [atheism]: Weltanschauung, die die Existenz Gottes leugnet.

➤ S. 34, 75 f., 79, 94, 114

Authentizität [authenticity]: Der Begriff bezieht sich auf die Unverfälschtheit und Echtheit einer Person.

➤ S. 8, 33, 43, 50, 113

Black Vernacular English: Eine dialektale Variante des Englischen, die insbesondere von den Afroamerikanern benutzt wird.

➤ S. 46, 51 f.

Chauvinismus [chauvinism]: Es handelt sich dabei um eine Grundhaltung, die davon ausgeht, dass Frauen den

Männern in einer Gesellschaft unterlegen sind und daher auch soziale Nachteile in Kauf nehmen müssen.

➤ S. 9, 64

Credo [creed]: Der aus dem Lateinischen stammende Begriff bedeutet Glaubensbekenntnis bzw. Leitsatz einer Person, der die Handlung dieser bestimmt.

➤ S. 68

Dénouement [dénouement]: ein dramatisches Element, das die Auflösung eines Konfliktes (Auflösung des Knotens) bezeichnet.

➤ S. 48, 50

Exposition [exposition]: ein Strukturelement eines fiktionalen Textes, das in der Regel zu Beginn die Hauptfiguren, das Thema, Ort und Zeit der Handlung sowie die Atmosphäre einführt. Der Zweck der Exposition besteht darin, den Leser bzw. Zuschauer behutsam in eine Geschichte einzuführen.

➤ S. 48 f.

Feminismus [feminism]: eine Richtung der Frauenbewegung, die die Abschaffung der patriarchalischen Strukturen einer Gesellschaft zum Ziel hat.

➤ S. 9 f., 37, 40, 64

Ghettoisierung [ghettoization]: Der Begriff bezeichnet die Isolierung bestimmter Gesellschaftsschichten in ausschließlich für diese Bevölkerungsgruppe bestimmte Wohnbezirke.

➤ S. 7, 57, 79, 81–83, 92 f.

Harlem Renaissance: Bezeichnung der florierenden schwarzen Kunst- und Kulturszene in Harlem, New York, in den Zwanzigerjahren des 20. Jahrhunderts. Schriftsteller traten der Bewegung bei, um die Kultur der schwarzen Bevölkerung Amerikas zu definieren und weiterzuentwickeln. Das Hauptziel bestand in dem Widerstand gegen die Unterdrückung der schwarzen Bevölkerung. Die Afroamerikaner sollten ein Gefühl des Stolzes für ihr kulturelles Erbe entwickeln. Langston Hughes und Countee Cullen waren Mitglieder dieser Bewegung.

➤ S. 7, 55, 58, 112 f.

Klimax [climax]: Strukturelement eines fiktionalen Textes, das den Zeitpunkt höchster Spannung darstellt. Die Klimax folgt der ansteigenden Handlung (*rising action*) und geht dem Wendepunkt (*turning point*) voraus.

➤ S. 48 f.

Lokalkolorit [local colour]: Die Darstellung bzw. Beschreibung der spezifischen Atmosphäre einer Gegend in einem literarischen Werk. Das Lokalkolorit kann beispielsweise durch die Schilderung einer bestimmten Landschaft, des speziellen Lebensstils der Menschen oder ihrer Sitten dargestellt werden.

➤ S. 46, 103

metaphorisch [metaphorical]: Synonym für ›bildlich‹.

➤ S. 56, 60

Mobilität, soziale [social mobility]: Die Bezeichnung bezieht sich auf die Möglichkeit eines Individuums, sich in positiver Weise sozial zu verändern, d. h., die Zugehörigkeit zu einer höheren sozialen Schicht anzustreben.

➤ S. 63, 104, 107

NAACP [National Association for the Advancement of Colored People]: Eine der ältesten schwarzen Bürgerrechtsorganisationen der USA, die 1909 in New York gegründet wurde.

➤ S. 57

Negro play: Ein Theaterstück, das von schwarzen Schauspielern für ein schwarzes Publikum geschrieben wurde. Die ästhetische Wirkung eines »Negro play« sollte in der Abschaffung des weißen Amerika bestehen.

➤ S. 7, 46 f., 101 f.

Prolog [prologue]: Einleitung eines literarischen Werkes, in der das Thema eingeführt wird.

➤ S. 55

Segregation [segregation]: Rassentrennung.

➤ S. 57

self-pride, self-hatred: der Stolz bzw. der Hass einer schwarzen Person in Bezug auf ihre ethnische Zugehörigkeit.

➤ S. 10, 88

Soziolekt [sociolect]: spezifischer Sprachgebrauch einer sozialen Gruppe.

➤ S. 51, 54

Supreme Court: Oberster Gerichtshof in einigen Staaten der USA mit angloamerikanischem Recht.

➤ S. 55

vulnerabel [vulnerable]: Der aus dem Lateinischen stammende Begriff bezeichnet die psychische Verwundbarkeit oder Verletzbarkeit einer Person.

➤ S. 62